李煜词

南唐·李煜

陕西新华出版传媒集团
三秦出版社

本书以王仲闻《南唐二主词校订》为底本

附录其父李璟词、周兴陆后记、李煜生平大事年表

目录

李煜词

附录一：李煜存疑词

李煜词

本卷据所见各本《南唐二主词》互校，并校以各种选本、笔记、词话，收编李煜三十六首公认可靠词作。

虞美人

春花秋月何时了[1]，往事知多少。
小楼昨夜又东风，故国不堪回首月明中。

雕栏玉砌[2]应犹[3]在，只是朱颜[4]改。
问君[5]能[6]有几多愁？恰似一江春水向东流。

◎ 作于宋太宗太平兴国三年（978年），李煜被毒死之前。宋太祖开宝八年（975年），宋军攻占南唐都城金陵，李煜奉表投降，南唐灭亡。三年后，徐铉奉宋太宗之命探视李煜，李煜对徐铉叹曰："当初我错杀潘佑、李平，悔之不已！"李煜大概是在这种心境下写下了这首词。

1 了：结束，尽头。
2 砌：台阶。雕栏玉砌：指远在金陵的南唐宫阙。
3 应犹：一作"依然"。
4 朱颜：借指故国山河。朱颜改：指山河易主。
5 君：李煜自称。
6 能：或作"都""那""还""却"。

月令图／二月／清画院

乌夜啼

昨夜风兼雨，帘帏飒飒秋声。
烛残漏[1]断频欹枕[2]，起坐不能平[3]。

世事漫[4]随流水，算来梦里浮生[5]。
醉乡路稳宜频到，此外不堪行。

◎作于李煜降宋被囚期间。宋太祖开宝八年（975年），李煜肉袒出降，被囚于汴京。宋太祖赵匡胤因李煜曾守城相抗，封其为“违命侯”。此词写出了李煜降宋后的生活实况和囚居心境。

1 漏：漏壶，古代计时的器具。漏壶由铜制成，壶内分上下多层，上层有小孔，可以滴水，层层下注，最终以底层蓄水量计算时间。漏断：形容时间很晚，漏壶中的水已经滴尽。
2 欹（qī）枕："欹"通"攲"，斜，倾斜。欹枕，头斜靠在枕头上。
3 平：内心安宁。
4 漫：枉然，徒然。
5 浮生：指人生短促，世事虚浮不定。

月令图—十月—清画院

一斛珠

晓妆初过，沉檀[1]轻注些儿个。
向人微露丁香颗[2]。一曲清歌，暂引樱桃破[3]。

罗袖裛残[4]殷色[5]可[6]，杯深[7]旋被香醪[8]涴[9]。
绣床斜凭娇无那[10]，烂嚼红茸[11]，笑向檀郎[12]唾。

◎ 应是李煜亡国之前的作品。部分学者认为此词描写的是李煜与大周后娥皇之间的闺房乐事。陆游《南唐书·后妃诸王列传》称赞娥皇：“通书史，善歌舞，犹工琵琶，至于采戏弈棋，靡不妙绝。”

1 沉檀：深沉浓艳的绛红色化妆品。
2 丁香颗：丁香花蕾，又称“鸡舌香”，常用来形容女子的舌头。
3 樱桃破：形容美人张口。
4 裛（yì）残：沾衣残酒。“裛”通“浥”，沾湿。

月令图 \ 十二月 \ 清画院

5 殷色：深红色。
6 可：些微，稍许。
7 杯深：形容杯中酒满。
8 香醪：美酒。
9 涴：玷污。
10 无那（nuó）：无限，非凡。
11 红茸：红丝线。
12 檀郎：古时妇女对夫婿或心仪的男子的爱称。

子夜歌

人生愁恨何能免[1]，销魂[2]独我情何限[3]！
故国梦重归，觉来双泪垂[4]。

高楼谁与上？长记秋晴[5]望。
往事已成空，还如一梦中。

◎为李煜降宋被囚时所作。上片写作者感怀亡国的愁恨和梦回故国的痛苦。下片续写作者往日成空、人生如梦的感伤和悲哀。

1 免：消除。
2 销魂：同“消魂”。形容极度哀愁的模样。
3 何限：无限。
4 垂：形容眼泪将落未落的样子。
5 秋晴：晴好的秋日，此处借指过去秋游的欢乐场景。

月令图＼七月＼清画院

临江仙

樱桃[1]落尽春归去，蝶翻金粉[2]双飞。
子规[3]啼月小楼西，画帘珠箔[4]，惆怅卷金泥[5]。

门巷寂寥人去后，望残烟草[6]低迷[7]。
（炉香闲袅凤凰儿[8]。空持罗带，回首恨依依。）

◎ 此词宋时有多种李煜手迹流传。旧时有说法称此词写于围城之时，朝不保夕之际。而王仲闻《南唐二主词校订》说宋时手迹“恐为后主平时反复修改真迹，未必即为围城中作”。

1 樱桃：樱桃花。樱桃又称含桃、莺桃，因莺鸟含食而得名。汉代始称“樱桃”。
2 金粉：原指古代女子化妆用的金钿与铅粉，此处借指蝴蝶翅膀。

月令图＼一月＼清画院

3 子规：杜鹃鸟。

4 珠箔：珠帘。

5 金泥：原指用于装饰涂抹的金屑，此处指用金屑装饰的珠帘。

6 烟草：泛指蔓草。

7 低迷：迷离，模糊不清的样子。

8 凤凰儿：丝织品上绣的凤凰的图案。

望江南

多少恨，昨夜梦魂[1]中。

还似旧时游上苑[2]，车如流水马如龙[3]。

花月[4]正春风。

◎这是李煜亡国入宋之后所作的一首忆梦词，作者以梦回忆故国繁华，抒发亡国之痛。

1 梦魂：古人认为人做梦时灵魂会离开肉体，故称“梦魂”。

2 上苑：古时候供帝王玩赏、狩猎的园林。

3 车如流水马如龙：形容车马很多，络绎不绝的样子。唐苏颋《夜宴安乐公主新宅》：“车如流水马如龙，仙史高台十二重。”

4 花月：指代美好的景象。

月令图｜五月｜清画院

望江南

多少泪，断脸[1]复横颐[2]。

心事莫将和泪说，凤笙[3]休向泪时吹。

肠断[4]更无疑。

◎ 此词应与《望江南·多少恨》作于同时。作者着重写今日之悲，通过描写思国流泪的情形，表达对故国的追恋，抒发亡国之痛。

1 断脸：形容泪水在脸上纵横的样子。

2 颐：脸颊。

3 凤笙：即笙，古代一种簧管吹奏乐器。西汉刘向《列仙传》："萧史者，秦穆公时人也。善吹箫，能致孔雀白鹤于庭。穆公有女，字弄玉，好之，公遂以女妻焉。日教弄玉作凤鸣。居数年，吹似凤声，凤凰来止其屋。公为作凤台，夫妇止其上，不下数年。一旦，皆随凤凰飞去。"故又称笙为"凤笙"。

4 肠断：形容极度哀伤的样子。

月令图 \ 十一月 \ 清画院

清平乐

别来春半[1]，触目柔肠断。
砌下[2]落梅[3]如雪乱，拂了一身还满。

雁来音信无凭[4]，路遥归梦难成。
离恨恰如春草，更行更远还生[5]。

◎抒发离愁别恨的名篇。宋太祖开宝四年（971年）秋，李煜派其弟李从善去宋朝进贡，李从善被扣留在汴京，久不得归。开宝七年（974年），李煜请求宋太祖放回李从善，未果。有学者认为这首词有可能是李从善入宋的第二年春天，李煜为思念他而作。

1 春半：表示春天已经过去一半。
2 砌下：阶下。
3 落梅：指白梅花。因白梅花开放较迟，所以春半才有落梅如雪。
4 无凭：没有依据。此处表示没有音信。
5 更行更远还生：形容离恨难消。两字一折，一句三折，表示无论走得多远，春草都会长满。

月令图—八月—清画院

采桑子

亭前春逐红英[1]尽，舞态徘徊[2]。
细雨霏微[3]，不放双眉时暂开。

绿窗冷静芳音[4]断，香印[5]成灰。
可奈[6]情怀，欲睡朦胧入梦来。

◎ 此词作于亡国降宋之前，延有花间词的习气，刻画了一位伤春怀人、愁思难遣的少妇形象。

1 红英：红花。
2 徘徊：形容落花飞舞回旋的样子。
3 霏微：表示雨雪细小，密密蒙蒙的样子。
4 芳音：佳音，好消息。
5 香印：即印香。用多种香料捣成碎末再均匀调制，打上印的香。
6 可奈：怎奈，无可奈何。

月令图 \ 九月 \ 清画院

喜迁莺

晓月[1]坠，宿云[2]微，无语枕频欹。
梦回芳草[3]思依依，天远雁声稀。

啼莺散，余花[4]乱，寂寞画堂深院。
片红休扫尽从伊[5]，留待舞人归。

◎ 为春梦残醒后怀念佳人之作。就词意而言，当作于降宋之前。也有学者认为李煜降宋被囚后，朝廷对其严厉，所以写下这篇以美人喻国的怀念之词，用以遣怀。

1 晓月：拂晓残月。
2 宿云：夜间汇集的云气。
3 芳草：借指怀念的人。
4 余花：残花。
5 尽从伊：任由花落。伊，代指花。

月令图—四月—清画院

乌夜啼

林花谢了春红[1]，太匆匆。

无奈朝来寒雨晚来风。

胭脂泪[2]，相留醉，几时重。

自是[3]人生长恨水长东。

◎ 作于李煜降宋被俘之后。待罪被囚的生活使李煜感到极大的痛苦。王铚《默记》卷下记载：“他在给金陵旧宫人的信中说：‘此中日夕，只以眼泪洗面。’”

1 春红：春天的花朵。唐李白《怨歌行》：“十五入汉宫，花颜笑春红。”

2 胭脂泪：女子脸上搽过胭脂后，泪水滑过变成红泪。此处指雨水打湿花朵形成的红色雨珠。

3 自是：必然是，本是。

月令图／三月／清画院

长相思

云[1]一緺[2]，玉一梭[3]，淡淡衫儿薄薄罗[4]。
轻颦[5]双黛螺[6]。

秋风多，雨相和，帘外芭蕉三两窠。
夜长人奈何？

◎ 应作于南唐灭亡前。王国维《人间词话》评李煜“生于深宫之中，长于妇人之手”，所以李煜能体会宫中男女的情感，并将其作为写词的素材。

1 云：指女子蓬松如云的头发。
2 緺（guā）：原指一束头发。此处指用丝带盘结的发髻。
3 梭：原指织布用的梭子。此处指玉簪。
4 罗：罗裙。用丝罗制成的裙子。
5 轻颦：微微蹙眉。
6 黛螺：即螺黛。六朝女子用来涂眉的染料。

碧池采莲图 \ 陈枚

捣练子令

深院静，小庭空，
断续寒砧[1]断续风。

无奈夜长人不寐，
数声和月到帘栊[2]。

◎写于南唐灭亡，李煜被囚期间。李煜忍屈负辱地过着囚徒生活。

1 寒砧：寒夜里的捣衣声。砧，捣衣石。古代将生丝织成的绢用木杵在石上捣软制成熟绢，以便裁制衣服。唐张若虚《春江花月夜》："玉户帘中卷不去，捣衣砧上拂还来。"

2 帘栊（lóng）：挂着竹帘的窗子。栊：有横直格的窗子。南朝宋谢惠连《七夕咏牛女》："落日隐檐楹，升月照帘栊。"

南华秋水图 \ 仇英

浣溪沙

红日已高三丈透[1]，金炉次第[2]添香兽[3]。
红锦地衣[4]随步皱。

佳人舞点[5]金钗溜，酒恶[6]时拈花蕊嗅。
别殿[7]遥闻箫鼓奏。

◎作于南唐全盛时期，为李煜前期作品。身为南唐国主，李煜生活侈靡，沉醉于歌伎舞乐，尝题石壁自称是“浅斟低唱偎红倚翠大师，鸳鸯寺主传持风流教法”。李煜精通音律，善文工词。在这个时期，他的词作多以酒宴歌舞为描写对象，本篇就是其中的代表。

1 三丈透：即日上三竿。此处指太阳上升的高度。
2 次第：一个接着一个，依次。唐刘禹锡《秋江晚泊》：“暮霞千万状，宾鸿次第飞。”
3 香兽：用炭粉香料匀和调制的兽形香饼。

浔阳琵琶图 \ 仇英

4 地衣：地毯。唐白居易《红绣球》："地不知寒人要暖，少夺人衣作地衣。"

5 舞点：应节起舞。

6 酒恶：酒醉，酒酣。

7 别殿：正殿以外的偏殿，一般为帝王居所。

菩萨蛮

花明月暗笼轻雾，今宵好向郎边去。
刬袜[1]步香阶，手提金缕鞋[2]。

画堂[3]南畔见，一向[4]偎人颤。
奴为出来难，教君恣意[5]怜。

◎为描写男女幽会的名作。有学者认为此词描写的是李煜与小周后幽会的场景。小周后为昭惠后之胞妹，昭惠后名娥皇，小周后名女英。据陆游《南唐书·昭惠传》记载，保大十二年（954年），李煜十八岁，娶昭惠，称为大周后。十年后，大周后病重，一日，见小周后在宫中，"惊曰：'汝何日来？'小周后尚幼，未知嫌疑，对曰'既数日矣。'后恚怒，至死，面不外向"。

1 刬（chǎn）袜：只以袜贴地。刬，光着。
2 金缕鞋：用金线绣饰的鞋子。
3 画堂：装饰精美的厅堂。
4 一向：片刻，须臾，形容时间短暂。向，同"晌"。
5 恣意：纵情，尽情。

杨柳荡千／陈枚

望江南

闲梦远，南国[1]正芳春[2]。

船上管弦[3]江面绿，满城飞絮滚轻尘。

忙杀[4]看花人！

◎作于南唐灭亡，李煜被囚期间。词人通过对故国春天的描写，表达自己对故国的怀念之情。

1 南国：指南唐国土。

2 芳春：美好的春天。晋陆机《长安有狭邪行》："烈心厉劲秋，丽服鲜芳春。"

3 管弦：箫、笛类管乐器和琴、瑟类弦乐器。唐王建《调笑令》："玉容憔悴三年，谁复商量管弦。"

4 杀：同"煞"，形容极甚。

山水楼阁图 \ 陈枚

望江南

闲梦远，南国正清秋。
千里江山寒色[1]远，芦花深处泊孤舟，
笛在月明楼[2]。

◎作于南唐灭亡，李煜被囚期间。词人通过对故国秋天的描写，表达自己对故国的怀念之情。

1 寒色：寒冷时节的自然景色。南朝谢朓《临台诗》："四面动清风，朝夜起寒色。"

2 月明楼：有明月照拂的楼台。唐张若虚《春江花月夜》："谁家今夜扁舟子，何处相思明月楼。"

山水楼阁图 一 陈枚

菩萨蛮

蓬莱院[1]闭天台女[2]，画堂昼寝人无语。
抛枕[3]翠云[4]光，绣衣闻异香。

潜来珠锁[5]动，惊觉银屏梦。
脸慢[6]笑盈盈，相看无限情。

◎ 应作于宋太祖乾德二年（964年）前后，与《菩萨蛮·花明月暗笼轻雾》当为姊妹篇，推测为李煜描写自己与小周后幽会之情景。

1 蓬莱院：形容庭院如同蓬莱仙境一般美丽。据《史记·封禅书》中记载："蓬莱、方丈、瀛洲，此三神山者其传在勃海中，去人不远，患且至，则船风引而去。盖尝有至者，诸仙人及不死之药皆在焉。"

2 天台女：仙女。相传东汉刘晨、阮肇二人曾上天台山采药，遇见二位女子，留住半年回家，归家时发现已过了七世，乃知二女子为仙女。天台，即今浙江天台山。

吹箫引凤图 \ 仇英

3 抛枕：形容人熟睡时头发散落在枕头上的样子。

4 翠云：形容女子头发乌黑发亮，蓬松如云。

5 珠锁：用珍珠串连或用珍珠镶饰的帘子，拨动时会发出清脆悦耳的声音。

6 脸慢：面容姣好。慢，同“曼”，形容女子容颜美丽。

菩萨蛮

铜簧[1]韵脆锵[2]寒竹[3]，新声[4]慢奏移纤玉[5]。
眼色[6]暗相钩，秋波[7]横欲流。

雨云[8]深绣户，来便谐衷素[9]。
宴罢又成空，梦迷春睡中。

◎应作于南唐全盛时期。詹安泰《李璟李煜词》："这是（李煜）在宴席上钟情和依恋一个奏乐的女子的自白。"此女子可能为小周后。

1 铜簧：乐器中用铜片制成的薄叶，此处代指乐器。
2 锵：形容乐声清越洪亮。
3 寒竹：指笙箫类竹制管乐器。
4 新声：新编制的曲子。
5 纤玉：形容美人的手纤白如玉。南朝民歌《西洲曲》："栏杆十二曲，垂手明如玉。"

踏雪寻诗图 \ 陈枚

6 眼色：传情的目光。

7 秋波：形容美人的目光如秋水一般澄澈明亮。

8 雨云：即云雨，指男女欢爱。

9 衷素：内心的真情。素，同“愫”。

阮郎归

呈郑王十二弟

东风[1]吹水日衔山[2]，春来长是[3]闲。
落花狼藉[4]酒阑珊[5]，笙歌醉梦间。

珮声悄，晚妆残，凭谁整翠鬟[6]？
留连[7]光景[8]惜朱颜[9]，黄昏独倚阑。

◎应作于宋太祖开宝四年（971年），其年李煜弟郑王李从善奉命前往汴京朝贡，太祖留之汴京。李煜手疏请求从善归国，未果。李从善虽为元宗七子，但古人排行向来有连同姊妹或者同宗并排以夸盛大的情况，所以说十二弟极有可能为李从善。

1 东风：春风。
2 日衔山：日暮西山时的情景。
3 长是：总是，一直是。
4 狼藉：形容落花纵横散乱的样子。

暂时相见，如梦懒思量

离恨恰如春草，更行更远还生

世事漫随流水，算来一梦浮生

砌下落梅如雪乱，拂了一身还满

春花秋月何时了，往事知多少

问君能有几多愁，恰似一江春水向东流

问君能有几多愁，恰似一江春水向东流
春花秋月何时了，往事知多少
砌下落梅如雪乱，拂了一身还满
往事漫随流水，算来一梦浮生
离恨恰如春草，更行更远还生
暂时相见，如梦懒思量
花笺

桃源仙境图 \ 仇英

5 阑珊：残，将尽。

6 翠鬟：指女子的环形发髻。唐高蟾《华清宫》：“何事金舆不再游，翠鬟丹脸岂胜愁。”

7 留连：留恋，流连。

8 光景：美好的时光。

9 朱颜：红润美好的容颜，此处又指青春美好的时光。

浪淘沙

往事只堪哀，对景难排[1]。
秋风庭院藓侵阶[2]。
一任珠帘闲不卷，终日谁来。

金锁[3]已沉埋，壮气蒿莱[4]。
晚凉天净月华开。
想得玉楼瑶殿[5]影，空照秦淮[6]。

◎为李煜降宋后所作。据宋人王铚《默记》卷上记载，李煜在汴京的居处有“老卒守门”，“不得与外人接”，所以李煜降宋后，实际上被监禁起来了。他曾传信给旧时宫人说：“此中日夕以泪洗面！”

1 难排：难以遣怀。
2 藓侵阶：苔藓长满台阶，形容久无人迹。
3 金锁：金锁甲。一种用金线连缀、做工精细的锁子甲。

月令图＼六月＼清画院

4 蒿莱：野草、杂草。

5 玉楼瑶殿：精致华美的楼宇，此处借指南唐旧时宫阙。

6 秦淮：秦淮河，乃南唐都城金陵胜地。

采桑子

辘轳[1]金井梧桐晚，几树惊秋。
昼雨如愁，百尺虾须[2]上玉钩。

琼窗[3]春断双蛾[4]皱，回首边头[5]。
欲寄鳞游[6]，九曲[7]寒波不溯流[8]。

◎此词应为李煜中期的作品，约作于宋太祖开宝六年（973年）。这首词应是从善入宋后未归，李煜为思念他而作的。

1 辘轳（lù lu）：一种安在井上的汲水滑车。
2 虾须：帘子的别称。形容帘子像虾的胡须一般。
3 琼窗：装饰精美的窗子。
4 双蛾：女子的一双蛾眉。南朝梁沈约《昭君辞》："朝发披香殿，夕济汾阴河。于兹怀九逝，自此敛双蛾。"

岩壑清晖图 \ 佚名

5 边头：遥远处。

6 鳞游：游鱼。此处借指书信。

7 九曲：形容黄河蜿蜒曲折。

8 溯流：逆流，倒流。

虞美人

风回小院庭芜[1]绿，柳眼[2]春相续。

凭栏半日独无言，依旧竹声新月似当年。

笙歌未散尊前[3]在，池面冰初解。

烛明香暗画堂深，满鬓青霜残雪[4]思难任。

◎ 作于南唐灭亡，李煜囚居汴京期间。宋太宗即位后改封李煜为陇西郡公，赐第囚居，两年之间，李煜与旧臣、后妃难得相见，行动言论没有自由，笙歌筵宴都歇，有时贫苦难言。此词正是李煜囚居生活的写照。

1 庭芜：庭院里的杂草。芜，杂草。
2 柳眼：春天柳叶抽出的嫩芽如人初醒的睡眼一般，故称。
3 尊前：酒盏前，宴席上。尊，同“樽”，酒盏。
4 青霜残雪：形容头发花白的样子。

岩壑清晖图 \ 佚名

玉楼春

晚妆初了[1]明肌雪[2]，春殿嫔娥鱼贯列[3]。
笙箫吹断水云间[4]，重按霓裳[5]歌遍彻。

临风谁更飘香屑[6]，醉拍阑干情味切。
归时休照烛花红，待放马蹄[7]清夜月。

◎作于南唐全盛时期，主要描写了李煜前期帝王生活中夜晚宫廷歌舞宴乐的盛况。

1 初了：刚刚结束。
2 明肌雪：形容女子的肌肤如雪一般洁白。
3 鱼贯列：一个接着一个的，按次序的。唐白居易《开龙门八节石滩诗》："竹篙桂楫飞如箭，百筏千艘鱼贯来。"
4 水云间：指乐声在水云间飘荡。
5 霓裳：《霓裳羽衣曲》。《乐苑》："《霓裳羽衣曲》，开元中西凉府节度杨敬述进。"
6 香屑：飘落的花瓣。
7 待放马蹄：形容人散去。

桐荫乞巧图—陈枚

子夜歌

寻春须是先春早，看花莫待花枝老。
缥色[1]玉柔[2]擎[3]，醅[4]浮盏面清。

何妨频笑粲[5]，禁苑[6]春归晚。
同醉与闲评，诗随羯鼓[7]成。

◎此词为李煜早期作品。詹安泰《李璟李煜词》：这是写（李煜）春天里在禁苑中过着饮酒赋诗的闲适生活。

1 缥色：淡青色、青白色。此处比喻浅青色的酒。
2 玉柔：女子洁白柔软的手。后蜀欧阳炯《浣溪沙》："落絮残莺半日天，玉柔花醉只思眠。"
3 擎：高举。
4 醅：未过滤的酒。
5 粲：指人笑的时候露出牙齿。
6 禁苑：古代帝王的园林，因禁止人随意进出而称禁苑。
7 羯鼓：羯族的一种打击乐器。形似漆桶，置于牙床之上。

闲亭对弈图—陈枚

谢新恩

秦楼不见吹箫女[1]，空余上苑风光。
粉英金蕊[2]自低昂[3]。
东风恼我，才发一衿香[4]。

琼窗梦醒留残日，当年得恨[5]何长！
碧阑干外映垂杨。
暂时相见，如梦懒思量。

◎ 从词意判断，此词应为悼亡之作。李煜十八岁娶周宗之女娥皇，即位以后即立为昭惠后。二人情感深厚，后昭惠后因病逝世，李煜十分悲伤怀恋，竟是“哀苦骨立，杖而后起”，并自撰诔文，语极酸楚。故有学者推断此词为悼念昭惠后之作。

琼台玩月图 \ 陈枚

1 秦楼不见吹箫女：见第14页《望江南·多少泪》注释3。

2 粉英金蕊：借指各色花朵。

3 自低昂：各自高高低低的样子。

4 一衿香：形容香味浅淡，只在衣襟上留下一点残香。衿，同“襟”。

5 得恨：抱恨、遗憾。

谢新恩

樱花落尽阶前月，象床[1]愁倚薰笼[2]。
远似去年今日恨还同。

双鬟[3]不整云[4]憔悴，泪沾红抹胸[5]。
何处相思苦，纱窗[6]醉梦中。

◎ 应为李煜前期作品，李煜前期作品带有花间词的婉丽习气。这是一首思妇词，描写女主人公相思难解的愁苦。

1 象床：象牙床，用象牙雕饰的床。
2 薰笼：代用以熏香、烘物或取暖的炉子。薰，一种香草。唐白居易《后宫词》："红颜未老恩先断，斜倚薰笼坐到明。"
3 双鬟：古代年轻女子头上的两个环形发髻。唐白居易《后宫词》："窈窕双鬟女，容德俱如玉。"

重阳赏菊图 \ 陈枚

4 云：头发。

5 抹胸：古代一种内衣。徐珂《清稗类钞·服饰·抹胸》：“抹胸，胸间小衣也，一名袜腹，又名袜肚。以方尺之布为之，紧束前胸，以防风之内侵者。俗谓之兜肚，男女皆有之。”

6 纱窗：蒙上纱的窗户。唐李白《宫中行乐词》：“绣户香风暖，纱窗曙色新。”

谢新恩

庭空客散人归后，画堂半掩珠帘。
林风淅淅[1]夜厌厌[2]，
小楼新月，回首自纤纤[3]。

春光镇在[4]人空老，新愁往恨何穷[5]。
（下缺）一声羌笛，惊起醉怡容[6]。

◎此词主旨惜时，虽有词句残缺，但留存下来的词句仍清新别致。

1 淅淅：象声词，形容风声。唐李咸用《闻泉》："淅淅梦初惊，幽窗枕簟清。"
2 厌厌：安静。《诗经·秦风·小戎》："厌厌良人，秩秩德音。"
3 纤纤：细微，微小，此处形容新月。《荀子·大略》："祸之所由生也，生自纤纤也。"

岩壑清晖图＼佚名

4 镇在：常驻、常在。镇，永久、常。唐褚亮《咏花烛》：“莫言春稍晚，自有镇开花。”

5 穷：尽，结束。

6 醉怡容：酒醉后欢乐的表情。《礼记·内则》：“下气怡色。”注：“悦也。”

长相思

一重山，两重山。山远天高烟水[1]寒，
相思枫叶丹[2]。

菊花开，菊花残。塞雁[3]高飞人未还，
一帘风月[4]闲。

◎《类编草堂诗余》等以为此首为李后主作。《栟榈集》卷十一，并见清王鹏运刻《宋元三十一家》词本《栟榈词》以为此首为宋邓肃之作。

1 烟水：有雾气笼罩的水面。唐孟浩然《送袁十岭南寻弟》："苍梧白云远，烟水洞庭深。"
2 枫叶丹：枫叶红。形容秋深，可以形容思念深。枫，落叶乔木，春季开花，叶子掌状三裂。其叶经秋季而变为红色，因此称"丹枫"。
3 塞雁：塞外的鸿雁。常作古人思念远离家乡的亲人的意象。唐白居易《赠江客》："江柳影寒新雨地，塞鸿声急欲霜天。"
4 风月：清风明月。

岩壑清晖图 \ 佚名

谢新恩

樱桃落尽春将困[1]，秋千架下归时。

漏暗[2]斜月迟迟，花在枝（缺十二字）

彻晓[3]纱窗下，待来君不知。

◎此词残破太多，原意已无法揣摩。

1 困：穷尽。此处形容春天快要结束了。

2 漏暗：形容滴漏的声音。暗，形容声音微弱。唐张萧远《观灯》："歌钟喧夜更漏暗，罗绮满街尘土香。"

3 彻晓：彻旦，通宵达旦。唐陆翱《宴赵氏北楼》："本为愁人设，愁人彻晓愁。"

水阁梳妆图 \ 陈枚

谢新恩

冉冉[1]秋光留不住，满阶红叶[2]暮。
又是过重阳，台榭登临处，茱萸[3]香坠。

紫菊气，飘庭户[4]，晚烟笼细雨。
嗈嗈[5]新雁咽寒声[6]，愁恨年年长相似。

◎ 据刘继增《南唐二主词笺》曰："此阕既不分段，亦不类本调，而他调亦无有似此填者。"《词谱》记载《谢新恩》的词调虽不止一种，但罕见像这首词这样用仄韵的，故历来对这首词的分段和断句异说颇多。

1 冉冉：形容时光悄悄流逝。
2 红叶：指枫、黄栌等树，经秋树叶变红，故称红叶。唐韩愈《游青龙寺赠崔大补阙》："友生招我佛寺行，正值万株红叶满。"
3 茱萸：一种落叶小乔木，开小黄花，果实椭圆形，红色，味酸，可入药。佩茱萸是我国古代重阳节的习俗之一。

庭院观花图 \ 陈枚

4 庭户：泛指庭院。唐方干《新秋独夜寄戴叔伦》："遥夜独不卧，寂寥庭户中。"

5 嗈嗈（yōng）：形容鸟鸣声。

6 寒声：形容声音凄凉。唐高适《燕歌行》："杀气三时作阵云，寒声一夜传刁斗。"

破阵子

四十年[1]来家国，三千里[2]地山河。
凤阁龙楼[3]连霄汉[4]，玉树琼枝[5]作烟萝[6]，
几曾识干戈[7]？

一旦归为臣虏[8]，沈腰[9]潘鬓[10]消磨。
最是仓皇[11]辞庙日[12]，教坊[13]犹奏别离歌，
垂泪对宫娥[14]。

◎作于李煜亡国被囚期间。李煜虽生于帝王家，却完全不懂政事，金陵被宋军攻破后，李煜率领亲属、随员等四十五人，“肉袒出降”，告别留下无数美好回忆的江南。此词便是讲述李煜离开金陵时的情形。

1 四十年：南唐自公元937年至975年亡国，先后经历了先主李昪、中主李璟、后主李煜三朝，首尾三十九年。此处四十年为南唐政权的约数。

2 三千里：言南唐国土广远。马令《南唐书》：“（南唐）共三十五州之地，号为大国。”南唐疆域包括今江苏、安徽、江西、福建大部分地区。

3 凤阁龙楼：泛指精致华美的金陵宫殿。

4 霄汉：天河。

5 玉树琼枝：名贵美好的树木。玉树，传说中植于月宫的仙树。

6 烟萝：形容草木茂密如烟雾笼罩。唐李端《寄庐山真上人》：“更说谢公南座好，烟萝到地几重阴。”

7 干戈：指战争。

8 臣虏：被俘称臣。

9 沈腰：形容人身体消瘦。《梁书·沈约传》记载沈约与徐勉言己老病：“百日数旬，革带常应移孔，以手握臂，率计月小半分。以此推算，岂能支久？”

10 潘鬓：指人中年早衰，鬓发初白。晋潘岳《秋兴赋》序：“余春秋三十有二，始见二毛。”

11 仓皇：形容匆忙、慌张的样子。

12 辞庙日：此处指李煜肉袒出降，离开金陵，被俘北上的日子。夏承焘《南唐二主年谱》云，开宝八年（975年）十一月二十七日，李煜“欲尽室自焚，不果，乃帅司空知左右内史事殷崇义等肉袒出降”。

13 教坊：古代主管宫廷音乐的机构。

14 宫娥：宫中的嫔妃与侍女。

浪淘沙令

帘外雨潺潺[1]，春意阑珊[2]。
罗衾[3]不耐五更寒。
梦里不知身是客，一晌贪欢。

独自莫凭栏[4]，无限江山，
别时容易见时难。
流水落花春去也，天上人间[5]。

◎ 写于李煜去世前不久。宋胡仔《苕溪渔隐丛话》前集卷五十九《西清诗话》："南唐李后主归朝后，每怀江国，且念嫔妾散落，郁郁不自聊，尝作长短句云'帘外雨潺潺……'，含思凄婉，未几下世。"

1 潺潺：形容雨声。唐柳宗元《雨中赠仙人山贾山人》："寒江夜雨声潺潺，晓云遮尽仙人山。"

岩壑清晖图 \ 佚名

2 阑珊：渐渐消退、衰残。

3 罗衾：丝制的被子。

4 凭栏：靠着栏杆。此处指凭栏远眺。

5 天上人间：天上与人间，形容落差极大。

渔夫

阆苑[1]有情千里雪，
桃花无言[2]一队春。
一壶酒，一竿身[3]，
快活如侬有几人？

◎此词与《渔夫·一棹春风一叶舟》为我国历史上最早出现的题画词，是词人为南唐内供奉名画家卫贤绘制的《春江钓叟图》所作。

1 阆苑：传说中仙人居处。《集仙录》："西王母所居宫阙，在阆风之苑，有城千里，玉楼十二。"

2 桃花无言：《史记·李将军列传》云："谚曰：'桃李不言，下自成蹊。'"原意是桃李无须自夸，但因其花朵自芬，果实自甘，它们自然能吸引人过来。

3 一竿身：一根鱼竿。

岩壑清晖图 \ 佚名

渔夫

一棹[1]春风一叶舟，
一纶茧缕[2]一轻钩。
花满渚[3]，酒满瓯，
万顷波中得自由。

◎此词为李煜观卫贤之画而作，属于题画词，原画名《春江钓叟图》。

1 棹：划船的工具，短的为楫，长的为棹。
2 茧缕：丝线。此处指鱼线。
3 渚：水中的沙洲。

岩壑清晖图 \ 佚名

乌夜啼

无言独上西楼，月如钩。
寂寞梧桐[1]深院锁清秋。

剪不断，理还乱，是离愁[2]，
别是[3]一般滋味在心头。

◎ 作于李煜囚居汴京一座小楼期间，因伤秋而牵扯出对故国的怀恋之情。唐圭璋《唐宋词简释》："此首写别愁，凄婉已极。"

1 梧桐：一种落叶乔木，柄长叶阔，材可用于制作乐器。
2 离愁：离国之愁。
3 别是：别有，另有。

岩壑清晖图＼佚名

附录一

李煜存疑词

王仲闻《南唐二主词校订》治学严谨，收罗宏富。本卷据王本编校，收编将古代各本编为李煜词作，但实为或疑为他人所作的十八首词。

更漏子

金雀钗[1]，红粉面，花里暂时相见。
知我意，感君怜，此情须问天。

香作穗[2]，蜡成泪，还似两人心意。
山枕腻[3]，锦衾寒，觉来更漏残[4]。

◎此词宋绍兴本《花间集》作温庭筠词，后明毛晋《尊前集》误属李煜。

1 金雀钗：一种带有雀形饰物的金钗。
2 香作穗：香燃烧后上端弯垂似麦穗状。
3 山枕腻：枕头积污。腻，污渍。
4 更漏残：形容天快亮了。更漏，漏壶。

花鸟图 \ 余稚

蝶恋花

遥夜[1]亭皋[2]闲信步，
乍过清明，早觉伤春暮。
数点雨声风约住[3]，朦胧淡月[4]云来去。

桃李依依春暗度，
谁在秋千，笑里低低语。
一片芳心千万绪，人间没个安排[5]处。

◎《时贤本事曲子集》《唐宋诸贤绝妙词选》《类编草堂诗余》《词的》《古今词统》《后山词话》《词品》《渚山堂词话》等以为是李冠作。《尊前集》《花草粹编》《全唐诗》《历代诗余》《南唐二主词》等以为此词为李煜作。

1 遥夜：漫漫长夜。《楚辞·九辩》："靓杪秋之遥夜兮，心缭悷而有哀。"

花鸟图 \ 余稚

2 亭皋：水边的平地。《汉书·司马相如传》："亭皋千里，靡不被筑。"

3 约住：约束住。

4 淡月：不太明亮的月光。

5 安排：置身排解。

三台令

不寐[1]倦长更[2]，披衣出户行。

月寒[3]秋竹冷，风切[4]夜窗声。

◎ 王仲闻按，此首为唐无名氏作。明嘉靖本《万首唐人绝句》《全唐诗》言唐韦应物作。沈雄《古今词话》云"相传为李后主词"。

1 不寐：辗转无眠，睡不着。

2 长更：长夜。

3 月寒：月色寒冷。

4 切：形容秋风刮在窗户上的凛冽。

花鸟图 一 余稚

开元乐

心事数茎[1]白发，生涯一片青山。
空山有雪相待，野路无人自还。

◎作者不详，唐圭璋《南唐二主词汇笺》以为李煜词，实非。

1 数茎：几根。

花鸟图 \ 余稚

捣练子

云鬓乱，晚妆残，
带恨眉儿远岫[1]攒[2]。
斜托香腮春笋[3]嫩，
为谁和泪[4]倚阑干。

◎《南唐二主词》原无此阕，《词林万选》题李后主作，未知依据。后各选本皆题李后主作，从不疑之。

1 远岫：远山。此处形容女子的双眉如远山一般蜿蜒。
2 攒：蹙眉、皱眉状。
3 春笋：比喻女子的手洁白柔嫩。
4 和泪：含泪，噙泪。

花鸟图—余稚

柳枝

风情[1]渐老见春羞，

到处芳魂[2]感旧游。

多谢长条[3]似相识，

强垂烟穗[4]拂人头。

◎王仲闻按，《西溪丛语》《邵氏闻见后录》《墨庄漫录》《全唐诗》第一函第二册（题作“赐宫人庆奴”），未云是词。《古今词话》《历代诗余》以为《柳枝词》，未知何据。

1 风情：男女欢爱之情。此处指美好的容颜。

2 芳魂：美人的魂魄。

3 长条：柳树垂下的柳枝。南朝梁元帝《绿柳》：“长条垂拂地，轻花上逐风。”

4 烟穗：雾气笼罩柳枝称为烟柳，烟柳叶子如穗，故称烟穗。

花鸟图 \ 余稚

忆王孙

春词

萋萋芳草忆王孙[1]。

柳外楼高空断魂。

杜宇[2]声声不忍闻。

欲黄昏，

雨打梨花深闭门。

◎《忆王孙》四首乃宋李重元所作，《唐宋诸贤绝妙词选》《花草粹编》题李重元作。《清绮轩词选》题李重光作。《古今词话》词辨卷下云“李甲字景元，即讹为李中主作”。

1 萋萋芳草忆王孙：典故出自《楚辞·招隐士》：“王孙游兮不归，春草生兮萋萋。”

2 杜宇：杜鹃鸟。葛立方《韵语阳秋》引《成都记》载：杜宇又曰杜主，自天而降，称望帝，好稼穑。后望帝死，其魂化为鸟，名曰杜鹃。

花鸟图—余稚

忆王孙

夏词

风蒲[1]猎猎[2]小池塘，

过雨荷花满园香。

沉李浮瓜[3]冰雪凉。

竹方床，

针线慵拈午梦长。

◎ 本首同上为李重元《忆王孙》四首之一。《清绮轩词选》题作“夏景”。《唐宋诸贤绝妙词选》题作“夏词”。《花草粹编》题作“夏”。

1 风蒲：蒲柳。唐杜牧《赴京初入汴江晓景即事先寄兵部李郎中》：“露蔓虫丝多，风蒲燕雏老。”

2 猎猎：物体随风飘动的样子。南唐陈陶《海昌望月》：“猎猎谷底兰，摇摇波上鸥。”

3 沉李浮瓜：古人夏季将水果放入井中冰镇，李子会沉入水中，瓜会浮出水面。

花鸟图 \ 余稚

忆王孙

秋词

飕飕风冷荻花[1]秋。

明月斜侵独倚楼。

十二珠帘不上钩。

黯凝眸，

一点渔灯古渡头。

◎ 本首同上为李重元《忆王孙》四首之一。《清绮轩词选》题作“秋景”。《唐宋诸贤绝妙词选》题作“秋词”。《花草粹编》题作“秋”。

1 荻花：多年生草本植物的花，秋天盛开，形似芦花。唐白居易《琵琶行》：“浔阳江头夜送客，枫叶荻花秋瑟瑟。”

花鸟图 一 余稚

忆王孙

冬词

同云风扫雪初晴。

天外孤鸿[1]三两声。

独拥寒衾不忍听。

月笼[2]明，

窗外梅花瘦影横。

◎ 本首同上为李重元《忆王孙》四首之一。《清绮轩词选》题作“冬景”。《唐宋诸贤绝妙词选》题作“冬词”。《花草粹编》题作“冬”。

1 孤鸿：独飞的大雁。三国魏阮籍《咏怀诗》：“孤鸿号外野，朔鸟鸣北林。”

2 月笼：月光。《梁书·沈约传》：“风骚屑于园树，月笼连于池竹。”

花鸟图 \ 余稚

浣溪沙

转烛[1]飘蓬[2]一梦归，欲寻陈迹[3]怅人非，
天教心愿与身违。

待月池台空逝水，荫花[4]楼阁谩[5]斜晖，
登临不惜更沾衣[6]。

◎《历代诗余》《全唐诗》以为李后主作。《阳春集》《花草粹编》以为南唐冯延巳作。

1 转烛：风吹烛灭。常用来比喻世事变幻万端，捉摸不透。唐杜甫《佳人》："世情恶衰竭，万事随转烛。"

2 飘蓬：飘摇的蓬草。常用来比喻人生漂泊不定。蓬，蓬草，多年生草本植物，枯后根断，遇风飞旋，故又名"飞蓬"。《诗经·卫风·伯兮》："自伯之东，首如飞蓬。"

枇杷山鸟图 \ 林椿

3 陈迹：旧迹，遗迹。

4 荫花：树荫投在地上形成的花影。

5 谩：同“漫”，弥漫。

6 沾衣：泪湿衣襟。沾，沾湿，沾染。

更漏子

柳丝长，春雨细，花外漏声迢递[1]。
惊寒雁[2]，起寒乌[3]，画屏[4]金鹧鸪。

香雾薄，透重幕[5]，惆怅谢家[6]池阁。
红烛背[7]，绣帏垂，梦长君不知。

◎《尊前集》题为李后主作。《花间集》《金奁集》《唐宋诸贤绝妙词选》《花草粹编》《词综》《历代诗余》《全唐诗》俱作温庭筠词。

1 迢递：绵延不绝。此处引为连续不断。
2 寒雁：寒冷季节的大雁。南北朝时庾信《秋夜望单飞雁》："失群寒雁声可怜，夜半单飞在月边。"
3 寒乌：寒冷季节的乌鸦。南朝梁沈约《愍衰草赋》："秋鸿兮疏引，寒乌兮聚飞。"
4 画屏：绘有图画的屏风。南朝梁江淹《空青赋》："亦有曲帐画屏，素女彩扇。"

花鸟图 \ 余稚

5 重幕：层层叠叠的帘幕。

6 谢家：泛指女子闺阁。唐李太尉德裕有妾谢秋娘，太尉以华屋贮之，眷之甚隆，词人因用其事，而称谢家。

7 红烛背：红烛燃尽。背，指烛尽或灯尽。唐朱庆馀《惆怅诗》：“梦里分明入汉宫，觉来灯背锦屏空。”

南歌子

云鬟裁[1]新绿[2]，霞衣[3]曳[4]晓红[5]。

待歌凝立[6]翠筵[7]中，一朵彩云[8]何事下巫峰[9]。

趁拍[10]鸾飞镜[11]，回身燕飏空[12]。

莫翻红袖过帘栊，怕被杨花勾引嫁东风。

◎ 云南杨氏《三李词》题为李后主词，但原注云“一本作苏轼词”。《东坡全集》、汲古阁《六十名家词》本《东坡词》。

1 裁：修剪，安排。此处形容打理光洁的发髻。
2 新绿：新梳好的乌黑发亮的发髻。
3 霞衣：绚丽如霞的舞衣。
4 曳：拉，拽。
5 晓红：太阳初升时的红色霞光。
6 凝立：呆呆地、一动不动地站着。
7 翠筵：青绿色的席子。
8 彩云：美丽多姿的云彩，此处指巫山神女。据《文选·高唐赋序》：“昔者先王尝游高唐，怠而昼寝。梦见一妇人，曰：‘妾巫山之女也，为高唐之客。闻君游高唐，愿荐枕席。’王因幸之。去而辞曰：

花鸟图 \ 余稚

‘妾在巫山之阳，高丘之阻，旦为朝云，暮为行雨，朝朝暮暮，阳台之下。’旦朝视之，如言，故为之立庙，号曰朝云。”

9 巫峰：即巫山，在今重庆、湖北边境。

10 趁拍：和着节拍，应节。

11 鸾飞镜：即鸾镜。南朝宋范泰《鸾鸟诗》序：“昔罽宾王结罝峻祁之山，获一鸾鸟，王甚爱之，欲其鸣而不致也。乃饰以金樊，飨以珍羞。对之逾戚，三年不鸣。夫人曰：‘闻鸾见其类而后鸣，何不悬镜以映之？’王从言。鸾睹影感契，慨焉悲鸣，哀响中霄，一奋而绝。”

12 燕飏空：比喻舞女的身姿轻盈如燕翻飞。

鹧鸪天

节候[1]虽佳景渐阑[2]。吴绫[3]已暖越罗[4]寒。
朱扉日暮随风掩，一树藤花独自看。

云鬟乱，晚妆残，带恨眉儿远岫攒。
斜托香腮春笋嫩，为谁和泪倚阑干。

◎《皱水轩词筌》《词苑丛谈》《历代诗余》云："李重光……复有'云鬟乱'一篇，其调亦同，众刻无异。"此外，本首引元稹《晚春》"柴扉日暮随风掩"，引王涣《惆怅》"所思多在别离中"，此首袭用成句如是之多，几成集句，非后主所宜为，显是伪作。

1 节候：时令气候。唐刘商《重阳日寄上饶李明府》："重阳秋雁未衔芦，始觉他乡节候殊。"
2 阑：将尽。

花鸟图 \ 佘稚

3 吴绫：古代吴地生产的一种丝织品，以轻薄著名。五代薛昭蕴《醉公子》："慢绾青丝发，光研吴绫袜。"

4 越罗：古代越地生产的一种丝织品，以轻柔精致著名。唐刘禹锡《酬乐天衫酒见寄》："酒法众传吴米好，舞衣偏尚越罗轻。"

鹧鸪天

塘水初澄似玉容[1]，所思还在别离中。
谁知九月初三夜，露似珍珠月似弓。

深院静，小庭空，断续寒砧断续风。
无奈夜长人不寐，数声和月到帘栊。

◎《皱水轩词筌》《词苑丛谈》《历代诗余》云："李重光'深院静'小令，升庵曰'词名《捣练子》，即咏捣练也'。"此外，本首引白居易《暮江吟》"可怜九月初三夜，露似珍珠月似弓"。后主不应全袭之，显是明人赝作。

1 玉容：女子姣好的容貌。晋陆机《拟〈西北有高楼〉》："玉容谁得顾，倾城在一弹。"

花鸟果蔬图 \ 任伯年

青玉案

梵宫[1]百尺同云[2]护，渐白满[3]苍苔路[4]。
破腊[5]梅花李蚤露[6]。
银涛[7]无际，玉山[8]万里，寒罩江南树。

鸦啼影乱天将暮，海月纤痕[9]映烟雾。
修竹[10]低垂孤鹤舞。
杨花风弄，鹅毛天剪，总是诗人误。

◎《古今诗余醉》题后主作，未知何据。

1 梵宫：梵天的宫殿。
2 同云：形容雪大，雪云一色。《诗经·小雅·信南山》："上天同云，雨雪雰雰。"
3 渐白满：地面渐渐覆满白雪。
4 苍苔路：爬满青苔的路。
5 破腊：岁末。
6 李蚤露：李花早早开放。
7 银涛：大雪如同银色的波涛。

辛夷图 \ 沈周

8 玉山：覆满大雪的山。唐杜牧《奉和仆射相公嘉雪》：“银阙双高银汉里，玉山横列玉墀前。”

9 纤痕：细微痕迹，此处引为月影暗淡。

10 修竹：高高的柱子。汉枚乘《梁王菟园赋》：“修竹檀栾夹池水，旋菟园，并驰道。”

秋霁

虹影侵阶[1]，乍雨歇长空，万里凝碧[2]。
孤鹜[3]高飞，落霞相映，远状水乡秋色。
黯然望极。动人无限愁如织[4]。
又听得。云外数声，新雁正嘹呖[5]。

当此暗想，画阁轻抛，杳然殊无，些个消息。
漏声稀，银屏冷落，那堪残月照窗白。
衣带顿宽[6]犹阻隔。
算此情苦，除非宋玉风流[7]，
共怀伤感，有谁知得。

◎《类选笺释草堂诗余》误题为李后主作。《草堂诗余》《花草粹编》载此词均未署名。《词品》《词谱》题为胡浩然作。

1 虹影侵阶：雨后彩虹的影子照映在台阶上。

2 凝碧：形容天空碧蓝如洗。唐柳宗元《界围岩水帘》："韵磬叩凝碧，锵锵彻岩幽。"

3 孤鹜：单飞的野鸭。唐王勃《滕王阁序》："落霞与孤鹜齐飞，秋水共长天一色。"

4 愁如织：形容愁绪万端。唐李白《菩萨蛮》："平林漠漠烟如织，寒山一带伤心碧。"

5 嘹呖：形容声音洪亮凄切。

6 衣带顿宽：形容人显然消瘦。《古诗十九首·行行重行行》："相去日已远，衣带日已缓。"

7 宋玉风流：宋玉的儒雅风度。宋玉，战国时期楚国著名辞赋家，或为屈原弟子。

断句

别易会难无可奈。

见《能改斋漫录》卷十六、《历代诗余》卷一百十三引《能改斋漫录》《词林纪事》卷二引《能改斋漫录》。

又

细雨湿流光。

见《苕溪渔隐丛话》前集卷五十九引《雪浪斋日记》《耆旧续闻》卷二、《草堂诗余》后集卷下李后主《虞美人》词后引《雪浪斋日记》《诗话总龟》后集卷三十二引《雪浪斋日记》《历代诗余》卷一百十三引《雪浪斋日记》。

◎《雪浪斋日记》引王安石语、《耆旧续闻》并以为李后主词，未知据。《阳春集》载冯延巳《南乡子》句首"细雨湿流光"。

秋海棠图／恽寿平

附录二

李璟词

李璟（916—961）字伯玉，南唐第二代国主，李煜之父。他天性懦弱，后又荒于政事，终使国事日非，不得不向后周称臣。但他文艺修养极高，工于诗词，是南唐词派主要代表人物之一。

应长天

一钩初月[1]临妆镜，蝉鬓[2]凤钗慵不整。
重帘静，层楼迥[3]，惆怅落花风不定。

柳堤芳草径，梦断辘轳[4]金井。
昨夜更阑[5]酒醒，春愁过却[6]病。

1 初月：新月，一说未展愁眉。《乐府诗集·清商曲辞一·子夜四时歌·春歌五》："碧楼冥初月，罗绮垂新风。"

2 蝉鬓：古代女子的一种发式，将两鬓梳成蝉翼模样。南朝梁元帝《登颜园故阁》："妆成理蝉鬓，笑罢敛娥眉。"

3 迥（jiǒng）：深远，遥远。

4 辘轳：见第44页《采桑子·辘轳金井梧桐晚》注释1。

5 更阑：更深。形容夜深月残。唐方干《元日》："晨鸡两遍报更阑，刁斗无声晓露干。"

6 过却：超过，胜过。

东庄图 \ 沈周

望远行

碧砌[1]花光[2]锦绣明[3]，朱扉[4]长日镇长[5]扃[6]。
余寒不去梦难成，炉香烟冷自亭亭[7]。

辽阳[8]月，秣陵[9]砧，不传消息但传情。
黄金[10]窗下忽然惊：征人归日二毛[11]生。

1 碧砌：玉石台阶。
2 花光：花的色彩。
3 锦绣明：像锦绣一样明丽光彩。
4 朱扉：红漆门。
5 镇长：常。
6 扃（jiōng）：原指闩门的横木，此处形容门长期关闭。
7 亭亭：形容烟袅袅直上的样子。
8 辽阳：今辽宁省辽阳一带，此处泛指人烟稀少处。
9 秣陵：今江苏南京，此处指思妇住处。
10 黄金：新柳。柳枝抽出的嫩芽成鹅黄色，故以黄金喻新柳。唐李贺《雁门太守行》："报君黄金台上意，提携玉龙为君死。"
11 二毛：白发与黑发间杂。《左传·僖公二十二年》："君子不重伤，不禽二毛。"

东庄图 \ 沈周

浣溪沙

手卷真珠[1]上玉钩，依前[2]春恨锁重楼。
风里落花谁是主？思悠悠。

青鸟[3]不传云外信，丁香空结雨中愁。
回首绿波三楚[4]暮，接天流。

1 真珠：即珍珠，此处指珍珠串成的珠帘。

2 依前：像以前一样。

3 青鸟：信使。《艺文类聚》卷九十一引《汉武故事》："七月七日，上（汉武帝）于承华殿斋正中，忽有一青鸟从西方来集殿前。上问东方朔，朔曰：'此西王母欲来也。'有顷，王母至，有两青鸟如乌，夹侍王母旁。"

4 三楚：秦汉时将楚地分为西楚、东楚、南楚，合称"三楚"。此处泛指长江中下游一带。

东庄图＼沈周

浣溪沙

菡萏[1]香销翠叶残，西风愁起绿波间。
还与容光[2]共憔悴，不堪看。

细雨梦回鸡塞[3]远，小楼吹彻玉笙寒。
多少泪珠何限恨，倚阑干。

1 菡萏：荷花别名。《诗经·陈风·泽陂》："彼泽之陂，有蒲菡萏。"
2 容光：脸上的光彩。汉徐干《室思》之一："端坐而无为，仿佛君容光。"
3 鸡塞：即鸡鹿塞，又称鸡禄山，在今陕西横山西，一说在今内蒙古磴口西北哈隆格乃峡谷口。

梅石溪凫图／马远

帝台春

芳草碧色，萋萋[1]遍南陌。
飞絮[2]乱红[3]，也似知人，春愁无力。
忆得盈盈[4]拾翠侣[5]，共携赏、凤城[6]寒食[7]。
到今来，海角逢春，天涯行客。

愁旋释，还似织。泪暗拭，又偷滴。
谩[8]倚遍危栏，尽黄昏，也只是暮云凝碧[9]。
拼[10]则而今已拼了，忘则怎生便忘得。
又还问鳞鸿[11]，试重寻消息。

◎《古今词统》注此首云“一刻李景元”，《尧山堂 外纪》等遂误作李璟（景）。此首乃宋李甲所作，甲字景元。

1 萋萋：草木茂盛的样子。《诗经·周南·葛覃》：“葛之覃兮，施于中谷，维叶萋萋。”
2 飞絮：飞舞的柳絮。南北朝庾信《杨柳歌》：“独忆飞絮鹅毛下，非复青丝马尾垂。”
3 乱红：凌乱的落红。唐顾况《溪上》：“惊起鸳鸯宿，水云撩乱红。”
4 盈盈：仪态美好的样子。《文选·古诗〈青青河畔草〉》：“盈盈楼上女，皎皎当窗牖。”

紫桑隐如图 \ 沈周

5 拾翠侣：一同郊游的伙伴。拾翠，拾取翠鸟的羽毛以为首饰。后多指妇女春游。三国魏曹植《洛神赋》："或采明珠，或拾翠羽。"

6 凤城：京城的美称。唐杜甫《夜》："步檐倚杖看斗牛，银汉遥应接凤城。"

7 寒食：节日名。在清明前一或两日。南朝梁宗懔《荆楚岁时记》："去冬节一百五日，即有疾风甚雨，谓之寒食。禁火三日，造饧大麦粥。"

8 谩：莫，不要。

9 暮云凝碧：形容夜色渐浓。

10 拼：舍弃。

11 鳞鸿：鱼雁，此处指书信、消息。晋傅咸《纸赋》："鳞鸿附便，援笔飞书。"

附录三 后记

周兴陆，北京大学中文系教授，博士生导师。曾任教育部人文社会科学重点研究基地复旦大学中国古代文学研究中心副主任，主要从事中国文学批评史的教学与研究。代表作品：《中国文论通史》《吴敬梓诗说研究》《文心雕龙精读》《人间词话导读》《世说新语汇校汇注汇评》《唐贤三昧集汇评》。

天教心愿与身违
—— 李煜其人其词

文 / 周兴陆　图 /（清）王鉴

王国维曾说："生百政治家，不如生一文学家。"这话不免过于绝对。秦皇汉武等政治家的历史伟业，非一般文学家所可比拟。但从后世的名声来看，五代十国短短五十余年，政权像走马灯似的轮流换，出了三十余位皇帝，除了李璟、李煜父子，有多少短祚帝王的名字为后人所熟知呢？"屈平词赋悬日月，楚王台榭空丘山。"（李白《江上吟》）人间富贵，终究不能长久；而绝世华章，可赢得千秋万岁名。李煜虽失去了江山社稷，却赢得了"词中之帝"（王鹏运语）的盛誉，千余年来，一直活在读者的心中，其跌宕的人生和参透生命本质的词作，引起历代读者的心灵震撼和情感共鸣。

一、做个才子真绝代，可怜薄命做君王

南唐立国是来路不正的僭越。

公元907年，朱温灭唐，结束了长达二百九十年并曾一度达到盛世顶峰的大唐国运，开启了“五代十国”时代。后梁、后

唐、后晋、后汉、后周五代政权交替，统治中心在黄河流域，虽然后唐一度疆域辽阔，但都失去了对长江以南的有效控制，于是在北方的五代政权之外，出现了南吴、南唐、吴越、南楚、前蜀、后蜀、南汉、南平（荆南）、闽国等南方政权，加上北方契丹支持的北汉，共为十国。各个势力之间战争连年，相互吞并，天下丧乱，中国进入了历史上最为混乱的时期。

南唐的政权是从南吴继承下来的。南吴是唐昭宗时的藩镇之一弘农郡王杨行密打败了吴越王钱镠，在江钱一带立足，割据一方，两代经营，而形成的一个王国，建都广陵（今扬州，称东都），后增设西都金陵（今南京），与北方中原政权并存对峙。但是南吴杨氏的大权实际上为大臣徐温和养子徐知诰所操纵。937年，南吴睿帝杨溥被迫禅位于徐知诰，南吴灭亡。徐知诰，本姓李，名昪，因为是徐温养子，从徐姓。李昪就是李煜的爷爷。窃取南吴政权后，他恢复本姓，改国号为唐，成为南唐的开国君主。所以南唐的政权是来路不正的，先是杨行密窃取自大唐，继是徐温窃取自南吴，最后是李昪窃取自徐氏，可谓是三次僭越。

南唐虽然只是偏安江南，但强盛时疆域跨据江淮三十余州，包括淮河以南的安徽、江苏、江西和湖北东北、福建西部，比吴越和南汉大得多，是南方势力最强的王国。江南本是鱼米之乡，物产丰富，加之南唐烈祖李昪建国后，与民休养生息，开垦土地，以农桑为本，即山铸钱，因此南唐经济富庶，社会安定。烈祖李昪临崩前，嘱其子李璟："汝守成业，宜善交邻国，以保社稷。"南唐没有恢复中原一统天下的宏愿，只想偏安于江南富庶之地，与四周其他王国相安无事。元宗李璟在位十九年，就以恩信交结邻壤，不用兵革。不过，采取偏安守成的政策，自然就不会有多大作为，一味地避敌退让，致使南唐的国土日益缩小，国势日益衰弱，想偏安自守也不可得了。

北方的后周一直在觊觎着南唐。周世宗柴荣时刻准备挥鞭南下，收复江南。后周挑拨吴越、荆南、楚国不断侵扰南唐，使李璟疲于应付。显德三至五年（956—958年），后周三度南侵，夺取了南唐的江北十四州，南唐扬州以北的大部分地区皆为后周所占领，迫使南唐屈服，对后周奉表称臣，削去帝号，奉周正朔，且不得不放弃东都广陵，迁都到长江中游的洪州南昌府，这样西都金陵便成了前线，袒露在后周的锋镝前面。李璟躲到后方南昌后，立吴王李煜为太子，监国。李璟于961年去世，把国家已衰败至无法收拾的烂摊子推给了李煜。

但是，李煜既无雄心负此重任，也无能力挑起这副重担。

李煜（937—978年），初名从嘉，字重光，是南唐中主李璟的第六子。上面有多位兄长，似乎与皇位无缘。但是，李煜生得相貌奇特，额头宽广，脸颊丰满，牙齿重叠，有一只眼睛还是双瞳孔。这是帝王之相，因此遭到母兄李弘冀的猜忌和防范。李弘冀担心皇权旁落，曾鸩杀了当时被立为“皇太弟”的叔父李景遂。李煜为了避祸，一心埋头读书，不管世事。他起初被封为安定郡公，后又被封为郑王，但似乎都没有建立过什么实际的功勋。从小生活在权力倾轧的皇室中，李煜养成了静默退守的性格， 从不干预时政，避免豆萁相煎。早年一首七律《秋莺》就是托物寓意：

残莺何事不知秋，横过幽林尚独游。

老舌百般倾耳听，深黄一点入烟流。

栖迟背世同悲鲁，浏亮如笙碎在缑。

莫更留连好归去，露华凄冷蓼花愁。

在露华凄冷的深秋里，残莺最好还是南归吧，不要在此流连，更不必再卖弄嘹亮的歌喉了！言外之意，面对衰退的时局，唯有独善其身静默退守，才是唯一的出路。“背世”，鄙弃世俗，是李煜早年的人生态度。《九月十日偶书》曰：“背世返能厌俗态。”不仅李煜自己对皇权没有非分之想，就是在别人看来，他也是“器轻志放，无人君之度”（《南唐书·钟谟传》），没有干才，心思放荡，没个皇帝的样儿。

但是，造化弄人，老天似乎是有意要磨炼李煜，让他承受常人不可承受的苦痛，从而造就出一位绝世词人。959年九月，太子弘冀卒。其他四兄皆已早亡，于是李煜被立为吴王。次年（961年）春二月，李璟迁至南都豫章（今江西南昌），立吴王李煜为太子，留金陵监国。六月李璟病逝，李煜嗣位于金陵。在一年之内，李煜毫无准备地就登上了南唐的王位，这完全不是他的主观意愿，简直是被命运强行安排的。李煜一即位，就给宋太祖赵匡胤上了一道表，意思是：本想做一名隐士，根本就没有想当国主的念头。这个态度已多次向先父表白过了。没料到哥哥们接连去世，国主的位子自然就传给了我。据《画史》载，李煜曾自题号曰钟峰白莲居士、钟山隐居、钟峰隐者，都是隐居钟山的意思。他还有两首《渔父》词，抒写一壶酒，一竿身，荡漾于万顷波涛中的自由快活。李煜本来的人生设计，只是要做个自由自在、无忧无虑的隐者而已。但身不由己，被推上了南面之君的位置。“天教心愿与身违”（《浣溪沙》），这不是命运的捉弄吗！

李煜没有政治野心，也缺乏游刃于众多敌国之间的政治才能。登基后，他向宋太祖上表说：“惟坚臣节，上奉天朝。”只是图安于现状，安安稳稳地做赵宋的一个附属国。这道表还直白地对宋太祖说自己与吴越国“似有深仇”。后来吴越王钱俶奉宋朝之诏围攻金陵时，李煜又遗吴越王书说：“今日无我，明日岂有君？明天子一旦易地酬勋，王亦大梁一布衣耳！”意思是：赵宋收拾完我之后，就要灭你了，别这么起劲为虎作伥。看似说得在理，实则暴露出他性子直，城府浅，没有机心，缺乏政治谋略。钱俶没有回复李煜，而是将这信交给了赵匡胤。乱世外交，不忌虞诈谲诳，怎么可以如此轻易地透露出底牌呢？

李煜可称得上是一位仁爱亲民的国君。嗣位之初，南唐刚遭受了多年的战争，国势削弱，财政空虚，李煜爱惜百姓，减少赋税和劳役，让老百姓得以休养生息，南唐国内一直是比较安定的。但李煜并没有什么治国的才能和方略，也不能采纳群臣的忠谏。即位后不久，监察御史张泌上书，言辞激切地提出治国的措施，王崇文上疏历陈朝政，汪焕死谏后主之佞佛，后主都不采纳，只是优游待之。廖居素多次激切地谏议，希望后主领悟，都不被采纳，于是闭门绝食而死。临死前手书大字“吾之死不忍见国破也！”藏在箱笼里。潘佑上书议论时政，后主发怒问罪，逼迫潘佑自杀。后来赵宋下诏历数李煜的罪名，有一条为“杀忠臣”，指的就是逼迫潘佑、廖居素等忠臣自裁。这是怎么都不能为李煜回护的！史书说“后主孱昏”，软弱而昏聩，目光短浅，不够英明，于是群臣都尸位素餐，苟保富贵，国家因此日益削弱。

孱昏退让的性格使后主对当时的政治形势发生了误判。李煜对南汉后主说：“仆料大朝之心，非贪土地之，怒人不宾而已。”他以为宋朝不是贪恋江南的土地，只要江南诸国臣服于赵宋，就可以相安无事了。这是天真幼稚的想法。正是基于这种错误的想法，导致他听不进当时潘佑、廖居素等忠臣提出的强国之策。其实，一张一弛，文武之道。在那样的乱世里，文修武备，缺一不可。武备方面，他考虑得少。后主九弟李从谦

《观棋》诗有二句："恃强斯有失，守分固无侵。"这不只是咏围棋，简直就是吟咏南唐的政治方针。可惜这是失败的臭棋！

李煜臣事宋太祖，忠心耿耿，自言如有异志，天诛地灭！但宋太祖赵匡胤可不这样想！开宝七年（974年）下诏令李煜上开封来朝见。李煜怎敢去开封啊，那肯定是有去无回呀，于是就装病推辞。这就给了赵宋出兵的借口。大兵压境，李煜只好派堂弟李从镒北上开封，进贡大量匹绢、茶叶、金银器物等，并上表乞求退兵，希望通过倾忠乞怜，博得赵宋的同情，能苟延时日。但结果则是李从镒被赵宋扣押为人质，军队继续在进攻。李煜又派徐铉入宋。徐铉在宋朝的便殿上慷慨陈词，谓江南效贡赋二十余年，以小事大，如子事父，李煜无罪，宋朝出师无名。宋太祖回答说："尔谓父子者，为两家可乎？"一句话让徐铉哑口无言。人家是老子，就拿你当儿子对待。宋太祖手按利剑，愤怒斥责徐铉说："不须多言！江南亦有何罪！但天下一家，卧榻之侧，岂可容他人鼾睡乎？！"赵宋之用心，昭然若揭，就是天下一统，绝不允许江南小朝廷的存在。赵匡胤的话已经成了中国历史的一则信条。

赵宋军队从开宝七年（974年）十一月围城，至八年（975

年）十一月二十七日，一年有余，金陵城破。李煜正应了自己《落花》诗“莺狂应有限，蝶舞已无多”的谶言，想自杀殉国，左右泣涕固谏，乃止。在围城中作《临江仙》：

樱桃落尽春归去，蝶翻金粉双飞。子规啼月小楼西，画帘珠箔，惆怅卷金泥。

门巷寂寥人去后，望残烟草低迷。炉香闲袅凤凰儿，空持罗带，回首恨依依。

据说词未写完，城就破了。凄凉怨慕，真可谓亡国之音哀以思。

金陵城破时，李煜与其宰相汤悦（又名殷崇义）等四十五人肉袒，在军门外向宋师投降。临别时作了一阕《破阵子》：

四十年来家国，三千里地山河。凤阁龙楼连霄汉，玉树琼枝作烟萝。几曾识干戈？

一旦归为臣虏，沈腰潘鬓消磨。最是仓皇辞庙日，教坊犹奏别离歌，垂泪对宫娥。

祖孙三代四十年建立起来的基业，毁于一旦；三千里江南繁华富庶之邦，归于他人：一切都悔之晚矣！一个“几曾识干戈”的风流孱昏的皇帝，怎么能守得住这份祖业呢？苏轼就斥责他在仓皇辞别祖庙的那一刻，还竟然“垂泪对宫娥”，置江山社稷于不顾，一心念想的只是宫娥，太不像话！但是就作词来说，风格是要眇宜修，不好一个劲地说些冠冕堂皇的话。如果改为“垂泪对山河”，那就是诗而不是词了，也乏味得多了。

李煜北上，渡长江至中流，回望石头城，泪下涟涟。作诗：

江南江北旧家乡，三十年来梦一场。
吴苑宫闱今冷落，广陵台殿已荒凉。
云笼远岫愁千片，雨打归舟泪万行。
兄弟四人三百口，不堪闲坐细思量。

三十年人生的虚幻，恍如一场大梦。九五之尊，竟然子弟不保！李煜一行穿着白色衣服，戴着纱帽，俯伏在汴京明德门楼前，服罪待谴。宋太祖给他面子，先后授右千牛卫、上将军，封违命侯——这是带有嘲讽意味的封号。宋太宗继位后，加特进，改封陇西公。作为失国的阶下囚，他胆战心惊地过活挨日子。

李煜在汴京，郁郁不自聊，沉浸在悔恨之中，“此中日夕，只以眼泪洗面”，常常作词，排遣郁闷。在赐第命随身带来的歌妓作乐，声闻于外。太平兴国三年（978年）七夕薨，年四十二岁，以王礼葬在洛阳北邙山。李煜生于七夕，死于七夕，似乎不是偶然的。据王铚《默记》载，是宋太宗授意四弟秦王赵廷美赐“牵机药”毒杀的。牵机药，据说就是马钱子，剧毒，服之脊椎前凸后弯，头向后仰，与足相就，如牵机状，抽搐痉挛而死，想必是非常痛苦的。徐铉为后主作墓志铭，讳言“构疾”而薨。他奉旨撰铭，不敢直书其事。后主崩殂的噩耗传至江南，江南父老皆聚集于里巷哭泣，设斋祭奠。

天下大势，久分必合。五代十国的混乱必然要为赵宋的一统所代替，这是历史的必然。因此南唐的割据，并不值得称道；南唐的灭亡，也不值得惋惜。就李煜自身来说，他性格怯懦孱弱，缺乏刚毅英勇之气，没有雄才大略，不理政事，不修武备，佞于佛教，耽于安乐，与六朝时期昏庸荒淫之君相比，没有多少差别。在天下纷争的乱世中，连一个守成主也做不得。所以陆游评价他“虽仁爱足以感其遗民，而卒不能保社稷”。李煜之仁，只算得上司马迁所谓“妇人之仁”。明人徐士俊云：“天何不使后主现文士身，而必予以天子位。位不配才，殊为恨恨！” 清人郭麐咏李后主云：“做个才子真绝代，可怜薄命做君王。”似乎苍天开了个玩笑，让李煜投错了胎，他本来就该是个绝代才子，不该去做运数已尽的南唐的君王。的确，李煜是绝代才子，是帝王中的才子，是才子中的帝王。他的才气，禀赋自天，养成于学。当然，若没经历过从一国之君到阶下囚的巨大人生落差，李煜也成不了“千古词帝”。

二、南朝天子爱风流

金陵为六朝帝王之都，自古风流艳冶，绮丽繁华。建都于此的帝王，多销磨于金粉气，沉酣于温柔乡，筋弱骨疏，少有作为。陈后主、李后主，前仆后继，演绎出一幕幕风流天子的悲喜剧。

李后主在当时给人的印象是不够威严，器轻志放。当国时，

曾微行娼家，是一个风流皇帝。其四十年的一生，与几个女性关系密切，而与大、小周后的爱情，更是为后人津津乐道。

保仪黄氏是第一个来到李煜身边的女人。黄氏为江夏（今属湖北武汉）人，其父黄守忠为割据湖南的南楚国马希萼政权的裨将。951年，南唐著名将领、信州刺史兼湖南安抚史边镐，率军平定了马氏政权，得到黄氏，纳诸后宫。才数岁，容态华丽，冠绝当世，顾盼颦笑，无不妍姣。后主喜爱，选为保仪（嫔妃的一种）。因为黄氏天性聪明，擅长书札，就让她专门掌管宫中书籍。李璟、李煜父子都喜爱书画，精于鉴赏，爱好收藏，当时的金陵是天下图书典籍的渊薮，购得钟繇、王羲之以来的墨帖极多，这些都由黄保仪专门掌管。后主虽然对黄氏有情意，但是二周后相继得专宠，不允许其他人靠近后主，当时宫中有许多美女，都遭到小周后的毒手。黄氏服勤降体，小心地侍奉小周后，虽然没有遇到不测，但没有“进御”的机会，品秩也上不去。

李后主非常珍惜父子二代精心收藏的图书，曾题《金楼子》后曰：

牙签万轴裹红绡，王粲书同付火烧。

不于祖龙留面目，遗篇那得到今朝。

每当战火纷飞时，图书文物也跟着遭殃，祖龙一炬，灰飞烟灭。三国和六朝当年的乱世，都是天下图书的浩劫。面对劫后复存的这部《金楼子》，李煜颇多感慨，或许有几分欣慰和自喜。没想到，金陵城将陷时，面对自己的藏书，他却束手无策，自己的命都保不住了，哪里管得了藏书！他对保仪说："此皆先帝所宝，城若不守，汝即焚之，无为他人得。"黄氏真的焚烧掉大量图籍，火光冲天，乃至附近有些寺庙僧人见到火光跟着自焚殉国。烬余之物，全部运到汴京，还有六万余卷，可以想见李煜藏书之丰富，黄氏烧毁的，又不知有多少！

南唐灭国时，黄保仪跟随着李后主一起北迁，卒于汴京。

昭惠周后，小字娥皇， 936年生，比李煜长一岁，司徒周宗之女。周宗对南唐建国立有大功，深得烈祖李昪的信任，官至大司徒。昭惠周后和小周后是周宗的继室所生。元宗李璟以周宗为社稷元老，故聘其长女为吴王李煜妃。954年，李煜十八岁，立为后妃。李煜即位后，称为皇后。夫妇感情甚笃。周后贤淑柔顺，通书史，善歌舞，尤擅弹琵琶。元宗李璟曾将自己用过的“烧槽”琵琶赐给她。唐玄宗时著名的宫廷舞曲《霓裳羽衣曲》在安史之乱后失传了。至南唐时，后主得到此曲的残谱，让乐工曹生按谱演奏，仅仅粗得其声，昭惠周后纠正其讹谬，加以改进，去其洼淫，以琵琶奏之，繁手新音，清趣可听，时称开宝遗音，复传于世。李煜的《玉楼春》词叙写宫廷中排演《霓裳羽衣舞》的情形：

晚妆初了明肌雪，春殿嫔娥鱼贯列。笙箫吹断水云间，重按霓裳歌遍彻。

临春谁更飘香屑？醉拍阑干情味切。归时休放烛花红，待踏马蹄清夜月。

笙箫与琵琶合奏，装束华丽的嫔娥鱼贯而出，边歌边舞。词人边饮酒，边合着节拍，至夜深了才踏月而归。李煜与周后沉湎于音乐，荒废了政事。当时中书舍人徐铉听了大周后新谱的《霓裳羽衣曲》就说：“法曲终慢，而此声太急，何耶？”曹生回答说：“其本实慢，而宫中有人易之。然非吉征也。”曹生所谓“宫中有人”，就是指昭惠周后。徐铉诗《又听〈霓裳羽衣曲〉送陈君》曰：“此是开元太平曲，莫教偏作别离声。”看来徐铉和曹生都不满意周后的擅改。宫廷燕乐应该舒缓清雅，如《礼记·乐记》所谓“《清庙》之瑟，朱弦而疏越，一倡而三叹，有遗音者矣”，方才合格。周后新谱之曲，急管繁弦，噍杀啴缓。结果才一年多，周后子母相继去世，国步寖微。有人说，周后新谱的曲调就已透露出不祥的征兆。国家音乐，还是要谨慎的。

李后主与昭惠周后可谓是郎才女貌，天造地设的一对儿。一个风流倜傥，一个软玉温香，在宫廷中歌舞升平，过着浮华博浪的生活。李煜早年的一些词，就是这位贵介公子的生活写照，如《浣溪沙》词云：

红日已高三丈透，金炉次第添香兽。红锦地衣随步皱。

佳人舞点金钗溜，酒恶时拈花蕊嗅，别殿遥闻箫鼓奏。

夜以继日地载歌载舞，真可谓花天酒地，穷奢至极。宋人笔记中记载南唐后宫的奢华，说后主常于宫中制销金罗幕壁，以白金钉瑇瑁押之。周后喜爱梅花，以绿钿刷隔眼中，障以朱绡，植梅花于其外。想必此词中“红锦地衣”和《清平乐》“砌下落梅如雪乱，拂了一身还满”都是实写宫中情景。周后曾创为高髻纤裳及首翘鬓朵之妆，人皆效之。舞到高潮，佳人的金钗滑溜下来，可能是因为这个高髻发型的关系。又《子夜歌》云：

寻春须是先春早，看花莫待花枝老。缥色玉柔擎，醅浮盏面清。

何妨频笑粲，禁院春归晚。同醉与闲评，诗随羯鼓成。

赏花、醉酒、歌舞、品评诗画，大约就是李煜和大周后早年在禁院中的日常生活。

可惜，人间好景不常有，恩爱夫妻难到头。昭惠周后自打生下三个孩子后，落下一身病，身子虚弱。964年十月，次子仲宣夭折。仲宣早慧，李煜夫妇非常疼爱这个聪明的孩子。一天，仲宣在佛台前嬉戏，一盏大琉璃灯被猫触碰摔落地上，哗然一声，把他吓惊厥，竟然夭折了。遭此剧变，“珠碎眼前珍”，李煜伤心欲绝，又担心尚在病中的昭惠周后经不起此打击，不敢在她面前流露出悲伤，只能强忍悲痛，逾越礼制，追赠仲宣为岐王。周后受此打击，过于伤心，不久也香消玉殒了，卒年三十岁，谥昭惠。二人共同厮守了十年，相亲相爱，没料到中途抛撇。“未销心里恨，又失掌中身”（《挽辞二首》之一），李煜还没有从丧子之痛中缓过来，又遭遇断弦之悲，哀苦骨立，连作了几首挽悼的诗词，还亲自撰写一篇数千字的诔文，发出“苍苍何辜，歼予伉俪”的撕心裂肺的哀鸣，极为酸楚。居丧期间，李煜书灵筵（供亡灵的几筵）手巾曰：

浮生共憔悴，壮岁失婵娟。

汗手遗香渍，痕眉染黛烟。

手巾上似乎还留下爱妃的香渍眉痕，手巾的主人却永远不可再见了。中年丧偶，乃人生之至痛。大周后临终前将元宗所赐琵琶和常臂玉环亲手留赠给后主，李煜睹物思人，格外伤心，《书琵琶背》曰："侁自肩如削，难胜数缕绦。天香留凤尾，余暖在檀槽。"似乎琵琶上还留着夫人的余香和体温。大周后曾移植梅花于瑶光殿之西。"谁料花前后，蛾眉却不全"，"清香更何用，犹发去年枝"（《梅花二首》其一、其二）。初春梅花开放时，主人却没了，真是人不如花！花落还有再开时，人死却永远不复生！李后主是重情之人，陷于对大周后的哀悼和思念之中，久久不能自拔。

继室周后是昭惠后一母所生的妹妹。警敏有才思，神采端静。或言，大周后卧床不起时，妹妹已经进入后宫。有一次，大周后揭起帷幔见到妹妹在宫中，吃惊地问她什么时候来的，妹妹年龄小，不知道避嫌，说已经来几天了。大周后非常生气，至死脸面都不向外看。

在大周后病重期间，妹妹来探望，绰约风姿，娇嗔可爱，给姐夫李煜留下了深刻的印象。李煜《一斛珠》词曰：

晓妆初过，沉檀轻注些儿个，向人微露丁香颗。一曲清歌，暂引樱桃破。

罗袖裛残殷色可，杯深旋被香醪涴。绣床斜凭娇无那，烂嚼红绒，笑向檀郎唾。

词中的女孩儿向人微露丁香舌，烂嚼红绒，笑向檀郎唾，意态实在轻浮，乃至清初李渔批评说：“此娼妇倚门腔，梨园献丑态也。”李煜渐渐地便与小周后有染。有几首《菩萨蛮》词记载了他们从暗中勾引到私自约会的过程：

铜簧韵脆锵寒竹，新声慢奏移纤玉。眼色暗相钩，秋波横欲流。

雨云深绣户，未便谐衷素。宴罢又成空，梦迷春雨中！

这时只是以眼神相勾引，还未能相通款曲，故曰“未便谐衷素”。稍后，二人开始偷偷约会了，《菩萨蛮》词曰：

蓬莱院闭天台女，画堂昼寝人无语。抛枕翠云光，绣衣闻异香。

潜来珠锁动，惊觉银屏梦。脸慢笑盈盈，相看无限情！

李后主曾用沉香加鹅梨汁蒸干，自制成一种“帐中香”，芬郁满室，就是这首词里的“异香”。“潜来珠锁动”，二人已暗度陈仓了。又一首《菩萨蛮》词曰：

花明月暗笼轻雾，今朝好向郎边去。刬袜出香阶，手提金缕鞋。

画堂南畔见，一向偎人颤。奴为出来难，教君恣意怜。

这是以小周后的口吻，记录他们一场偷偷的约会，较为直露。这时还担惊受怕，因此珍惜每一次见面的机会。陆游《南唐书》记载，后主于群花间作亭，雕镂华丽，而极迫小，仅容二人，李煜常常与小周后酣饮其中。或许此亭就在画堂南畔。后世有人作《小周后提鞋图》，就是基于这首词。

大周后病逝后，小周后还未成年，但李煜母亲圣尊后钟夫人非常怜爱她，就让小周后一直待在宫里面。965年，钟夫人去世了，李煜守孝，不能迎娶。直到968年，才正式立为继室，得宠超过昭惠。当时南唐小朝廷还为婚礼发生激烈的争论，婚礼办得很草率。今天的读者不能依据现代的爱情婚姻观念批评李后主移情别恋，或者怀疑李后主对大周后的感情。但不管怎么说，李煜与小周后之间是一场不伦之恋。直言敢谏的韩熙载就曾作诗讽刺他们。当时江南流传一首童谣：

索得娘来忘却家，后园桃李不生花。

猪儿狗儿都死尽，养得猫儿患赤瘕。

就是讽刺李后主再娶小周后。猪狗死，谓国祚尽于戌、亥年。赤瘕，目病，猫有目病，则不能捕鼠，谓不见丙子之年也。南唐灭亡于974年、975年，为甲戌、乙亥年。丙子976年，南唐彻底不复存在了。

南唐灭国后，小周后与后主一道被掳至汴京，被封为郑国夫人，照例随命妇入赵宋的皇宫里去朝谒、进御。每一入宫，就待上好几天；每次出宫，必大哭，骂后主，后主多方宛转避之，说："此非汝家！"想必在宫中遭到了非人的虐待。元人绘画有《宋太宗强幸小周后》，淫秽之状，不堪入目。后主薨后不久，小周后也去世了。

宫人庆奴、乔氏和流珠，还有几位女性因曾是后主宫人而传名于后世。相传李后主曾于黄罗扇上书一首咏柳诗赐给宫人庆奴，诗云：

风情渐老见春羞，到处销魂感旧游。

多谢长条似相识，强垂烟穗拂人头。

寓春光流逝之感，咏物而有意趣。古代有些女性的命运就像柳条一样，这人折来那人攀，没有独立的人格尊严。这位宫人庆奴也是如此，可能是因为她用心专一，不忘旧情，所以李后主赐此词以寄意。

李后主笃信佛教，曾手书金字《心经》一卷，赐其宫人乔氏。乔氏后被掳至宋，入太宗禁中。听闻李后主薨，自内庭取出这卷《心经》，施舍祭献于相国寺西塔院，并在经后题曰“故李氏国主宫人乔氏，伏遇国主百日，谨舍昔时赐妾所书《般若心经》一卷在相国寺西塔院。伏愿弥勒尊前持一花而见佛”云云，字极整洁，词甚凄婉，可见也是一位笃于旧情的女性。她只能用这一个小小的举动以表达对故主的忠爱和悼念之情。这部《心经》后来被一个江南僧人带回到南京，安放在南京天禧寺塔相轮中，不久遗失了。

还有一位宫人，名叫流珠，性通慧，工琵琶。昭惠周后活着的时候，曾作《邀醉舞破》《恨来迟破》二曲；当时乐曲有《念家山》，后主亲自演作《念家山破》，后来都忘记了。昭惠后去世了，后主追念她，问左右，都不知道这几支曲子，只有这位流珠，能追忆起来，无所遗忘，后主大喜。南唐灭后，流珠不知所终。《念家山破》其音噍杀，取名也不吉祥，结果成了挽悼南唐的一曲哀歌。

晚唐诗人李山甫《上元怀古》曰：

南朝天子爱风流，尽守江山不到头。
总是战争收拾得，却因歌舞破除休。
尧将道德终无敌，秦把金汤可自由。
试问繁华何处在，雨苔烟草石城秋。

南唐宫廷艺人王感化对元宗李璟就反复唱叹“南朝天子爱风流”，但风流之成性，非几次讽谏就改变得了的，南朝的悲剧被南唐中主、后主又演了一遍。

三、后主之词，真所谓以血书者也

清人沈谦说："李后主拙于治国，在词中犹不失为南面王。"（《填词杂说》）作为一国之君，李煜是失败的；但是失败的政治人生造就了他在词史上"南面王"的地位。

词是继诗之后发展起来的一种新的文学体制，词乐相配合，句式长短不一，体式比格律诗更为自由。五代时，后蜀和南唐成为词体兴盛的两个中心。后蜀词人以温庭筠、韦庄为代表，其作品由赵崇祚编撰为《花间词》；南唐词人主要有冯延巳和李璟、李煜父子。早期的文人词，多叙写闺阁相思、男女情事，题材狭窄，风格清艳绮靡。陈世修为冯延巳《阳春集》作序曰：

> 公以金陵盛时，内外无事，朋僚亲旧，或当燕集，多运藻思，为乐府新词，俾歌者倚丝竹而歌之，所以娱宾而遣兴也。

娱宾遣兴，是冯延巳在南唐小朝廷作词的主要目的。至李煜，才将家国变故之感寄于词中，借词抒写亡国之恨，并由亡国之恨上升至对人生悲剧性的叩问。

李煜的词，以南唐亡国为界，明显地分为前后两期。

前期词是他在宫廷中的笙歌曼舞、花酒绮艳的贵族生活的反映，是富贵人的富贵语。场景多是画堂、宫廷、禁苑、春殿、深院。物色多是落红、绿窗、金炉、熏笼、酒筵、笙箫、绣床、银屏、秋千、花鸟、云雨、风月。内容或写歌舞酒宴之盛："酒恶时拈花蕊嗅，别殿遥闻箫鼓奏"（《浣溪沙》），这里歌舞还没结束，又赶赴另一场盛宴。欢乐宴会过后，则感到空虚寂寞，如《谢新恩》上片："庭空客散人归后，画堂半掩珠帘。林风淅淅夜厌厌。小楼新月，回首自纤纤。"或写男女相聚之欢，如上引与小周后约会的两首《菩萨蛮》。或写男女相思之苦，"彻晓纱窗下，待来君不知"（《谢新恩》）；"斜托香腮春笋嫩，为谁和泪倚阑干"（《捣练子》），主人公多托为闺妇美人。多抒写伤春怨秋的闲情，"留连光景惜朱颜"（《阮郎归》），"乍过清明，早觉伤春暮"（《蝶恋花》），"别来春半，触目愁肠断"（《清平乐》）。即使写梦，也只是相思之梦："何处相思苦，纱窗醉梦中"（《谢新恩》）；"暂时相见，如梦懒思量"（《谢新恩》）。

李煜亡国前的这些词作，与《花间集》中的作品没有明显的差别。他只是不像温庭筠一些词作那么多富丽精工的刻画静物，而是采用简笔作白描勾勒，融情于景，清便婉转，与冯延巳词的风格基本一致，乃至二人词时有相混。王国维说："词人者，不失其赤子之心者也。故生于深宫之中，长于妇人之手，是后主为人君所短处，亦即为词人所长处。”说词人不失赤子之心，心灵敏锐，善于直观，这没有错；但说后主作为词人所长之处在于“生于深宫之中，长于妇人之手”，便没能揭示出李煜词作取得至高成就的真正原因。如果李煜仅仅是“生于深宫之中，长于妇人之手”，没有经历过家国灭亡的剧变，仅仅凭他亡国前的那些以妇人醇酒为主要内容的词作，其成就怎么也超不过温庭筠、冯延巳、韦庄之流。

经历了家国沦亡的骤变后，李煜的词风发生了深刻的质变。在亡国之前，李煜的词与诗表现内容是界限分明的，诗歌抒写个人的现实遭际和情怀，词则不外乎叙写美人醇酒、歌舞狭邪之类宫廷生活，绮罗香泽，绸缪宛转，而缺少个人的生活和性情，因为这个时候他写的词只是佐酒增欢之具，是供歌儿舞女演唱的。经历了亡国之后，在仓皇辞庙时，他震惊于“四十年来家国，三千里地山河”顿然失守沦丧，于是把词当作抒写亡国之痛的载体，词在他手里转变成为一种真正的抒情文学，抒写他个人独特的生命情怀。王国维《人间词话》说：“词至李后主，而眼界始大，感慨遂深，遂变伶工之词而为士大夫之词。”“伶工之词”多是一种代言体，以多愁善感的女性口吻咿呀低唱，格调软媚婉艳。李煜前期的词还多是“伶工之词”，亡国之后的词，才真正变为眼界大、感慨深的“士大夫之词”。在痛定思痛之后，他由亡国之悲上升到对人生意义的拷问。王国维批《词辨》时曾说：“天以百凶成就一词人。”李煜词中对人生悲剧性的彻悟，就是因为经历了“百凶”之后的猛醒。王国维《人间词话》借用尼采的话称誉后主之词“真所谓以血书者也”，又把李后主与宋徽宗比较，“道君不过自道身世之戚，后主则俨有释迦、基督担荷人类罪恶之意”，推崇备至，几乎无可复加。

但宋徽宗同样遭遇了亡国之厄，为什么他“不过自道身世之戚”，李后主就能“有释迦、基督担荷人类罪恶之意”呢？这可能要归因于李煜的佛教信仰。

金陵自六朝以来就是佛教圣地，杜牧《江南春》所谓“南朝四百八十寺，多少楼台烟雨中”，虽不免夸张，但也可见晚唐时南京香火之盛。南唐李昪、李璟、李煜三代都信奉佛教。李煜天赋慧性，好生戒杀，宽仁静退，本身性格与佛教教义就多有契合。加之他在外敌侵凌、皇室争权夺利的斗争中长大，叔父、兄长在斗争中相继谢世，父亲李璟四十六岁在忧愤中死去。即位后，幼子仲宣、昭惠周后、圣尊太后先后陨殂，他看到了太多的人间苦难，亲历了生、老、病、死、别离、怨憎等佛教所谓的种种“苦谛”，寻求遁入空门，却又无法摆脱尘世的羁绊。这种人生的矛盾和焦虑，在他早期的诗词中就已有所表现。李煜体弱多病，病痛迫使他去追问：“前缘竟何似，谁与问空王？”（《病中感怀》）空王，就是释迦牟尼佛。只有佛教的空门可以让他暂时忘却肉体的病痛和一切的烦恼：“赖问空门知气味，不然烦恼万途侵。”他躲避现实中的权力斗争，不愿意为虚名在尘世中奔走辛劳，病躯有所好转，拟将皈依佛门，学“无生”之理。《病起题山舍壁》后两联云：“暂约彭涓安朽质，终期宗远问无生。谁能役役尘中累，贪合鱼龙构强名。”幼子仲宣夭折，李煜极度悲伤，抢天呼地，“空王应念我，穷子正迷家”（《悼诗》）。李煜的性格是比较柔弱的，遭到厄运接二连三的打击后，他就像一只迷途的羔羊在旷野里踽踽独行，找不到回家的路。这个时候，唯一可以给他心灵安慰的，就是佛教的空无观念。

李清照《词论》谓李煜词“语虽奇甚，所谓‘亡国之音哀以思’也”！实际上，李煜词感慨之深沉、思想之深刻，是“亡国之音哀以思”所解释不了的。如果说温庭筠等人的词还是以音乐娱乐性为主，以文学抒情性为辅的话，那么，李煜的词则是真正的抒情文学，将自己的悲愁忧思真实感慨，甚至大彻大悟都倾诉于词中，词是李煜精神世界的敞开。当然，温庭筠、韦庄等词人也不乏抒情的词作，但是他们抒情，往往局限于抒写个人一己的穷通得失，李煜是“以人类感情为其一己之感情”（王国维《苕华词又序》）的真正大诗人。“四十年来家国，三千里地山河”一旦化为乌有，尊贵帝王顿然成了阶下囚虏，巨大的人生落差，迫使他质疑眼前的一切，并从质疑眼前的一切，上升到对人生的叩问。李煜后期词的句式多用问句，如“几曾识干戈”（《破阵子》）；“多少恨，昨夜梦魂中”，“多少泪，断脸复横颐”（《忆江南》）；“人生愁恨何能免？……高楼谁与上”（《子夜歌》）“胭脂泪，留人醉，几时重？”（《乌夜啼》）；“一任珠帘闲不卷，终日谁来”（《浪淘沙》）。最著名的叩问则是《虞美人》的“春花秋月何时了，往事知多少”和“问君能有几多愁，恰似一江春水向东流”。由九五之尊到阶下囚虏的身世剧变，使他怀疑眼前的一切，叩问这到底是为什么。他守不住江山，也掌控不了人间世，更参不透人生悲剧的宿命。人生没有定数，人世不堪回首，人间没有着落，一切繁华喜乐到头来都成了空，化为无，生命没有意义，只有无穷无尽、沉重的哀愁和烦恼裹挟着人，一刻不曾离开。你看他的词：

> 一片芳心千万绪，人间没个安排处。
>
> ——（《蝶恋花》）
>
> 自是人生长恨水长东。
>
> ——（《乌夜啼》）
>
> 剪不断，理还乱，是离愁。别是一般滋味在心头。
>
> ——（《乌夜啼》）
>
> 人生愁恨何能免？销魂独我情何限！
>
> ——（《子夜歌》）
>
> 流水落花春去也，天上人间。
>
> ——（《浪淘沙》）
>
> 人生不满百，刚作千年画。（刚：偏偏。佚句）

李煜词对人生无意义、对生命悲剧性本质的体悟，是他的佛教空无观和巨大的身世之变相综合作用的结果，就像当年的迦毗罗卫国王子，阅尽世间烦恼后，在菩提树下静修悟道，获得解脱。所以王国维说：“后主则俨有释迦、基督担荷人类罪恶之意。”王国维受康德、叔本华影响，早年在诗词中也反复叩问人生，揭示生命的悲剧性本质，如：

我身即我敌，外物非所虞。人生免襁褓，役物固有余。

——（《偶成二首》其一）

人生过处惟存悔，知识增时只益疑。

——（《六月二十七日宿硖石》）

人生地狱真无间，死后泥洹枉自豪。

终古众生无度日，世尊只合老尘嚣。

——（《平生》）

这些诗句的人生意识都浸透着叔本华悲观主义哲学的内涵，参透了生命的本质，揭示人生悲剧性的本相。潘知常先生借用雅斯贝斯的“边缘处境”来解释李煜亡国后的词作，颇有启发意义：

所谓“边缘处境”是指人面对死亡、苦难、斗争、罪过等处境。就像一堵墙，我们必然要撞到它，并必然要失败。在边缘状态中，现实的全部可疑性会突然闪现出来，在那里，任何固定的东西、不容置疑的绝对、支撑每个经验和每个思维的支柱，都消失了。在那里，我们的理想彻底崩溃。它使人震撼，并发现自己被置于绝对孤独的处境之中。人只有在边缘状态中，才能认识自己，返归本源，真正成为人自身。（冯契《哲学大辞典》）

李煜在理性崩溃之后，终于发现了“人间没个安排处”，现实的一切都虚幻无凭，都像梦一样。面对给他巨大痛苦、无法忍受的现实，他的思绪躲避到梦中，安顿在醉乡里。李煜词多写梦境，前期词的梦境，稀松平常，不过写男女相思之苦，是诗词中的常境。后期的梦境，如两首《望江南》是家国之梦，梦中的江南“还似旧时游上苑，车如流水马如龙，花月正春风”（《望江南》），但美梦一醒，则恨海无边。“梦里不知身是客，一晌贪欢”（《浪淘沙》），一旦回到现实，无限江山，别时容易见时难，一切都化为虚无了。李煜进而产生了人生如梦的虚幻感：“故国梦重归，觉来双泪垂……往事已成空，还如一梦中。”又有《子夜歌》《乌夜啼》：“世事漫随流水，算来一梦浮生。醉乡路稳宜频到，此外不堪行。”乃至临终悟出“万古到头归一死，醉乡葬地有高原”的人生无常、生命无意义的悲剧性本质。

往中国传统诗词里去看，正如严羽《沧浪诗话·诗评》所言：“唐人好诗，多是征戍、迁谪、行旅、离别之作，往往能感动激发人意。”古代诗歌多言志抒情。其志其情，一般都是在具体境遇中的真切感触，往往还囿于现实功利和伦理关系，很少能超脱具体的生活事件而上升为对人生本质、生命意义的超越性的探寻，进入一种哲学的、纯美的层面。在汉末乱世中，一些诗人发出“生年不满百，常怀千岁忧”“人生天地间，忽如远行客”的感慨，标志着国人的生命意识的觉醒，但很快就被淹没在“嘉会寄诗以亲，离群托诗以怨”的氛围中，甚至以诗歌写宫廷和脂粉。初盛唐诗人的理想是“画图麒麟阁，入朝明光宫”（高适《塞下曲》），不畏惧死亡，也不太思考生命的意义。至李煜词，“人生”才成了问题，“人间”才受到质疑。李煜和王国维的一些诗词在审美境界上对传统诗词做了进一步的提升，进入了哲学的、纯美的层面。这就是王国维能成为李煜千载知音的原因。

尼采《查拉图斯特拉如是说》第二卷《诵读与写作》中说：“一切写作之物，我只喜爱作者用自己的心血写成的。”后面尼采接着说：“用你的心血写作罢：你将知道心血便是精神。”最高贵的文学，是作家的泣血之呕，是源于作家灵魂深处的呐喊。王国维认为李煜是称得上“血书”的词人，并拿宋徽宗来陪衬。宋徽宗赵佶被金人掳去，身死敌国。他们两人的命运非常相似：九五之尊，享尽人间繁华；国亡身灭，受尽常人无法体验的屈辱；又具有超凡的感知力，观物弥深，感慨弥深。他们是帝王中的失败者，但他们又是帝王中屈指可数的艺术家。你见过比瘦金体更为筋骨毕露，华丽而感伤的字体吗？那可是中国文化高度发达时代的皇帝的字体。李煜和宋徽宗遭遇之“百凶”，是芸芸众生所无法体会的，因此他们词中的感慨比常人要深刻得多。但是两人的境界又是有差异的。宋徽宗亡国以后在北地的词，只有两首，广为传唱的就是王国维提到的《燕山亭》。宋徽宗在《燕山亭》里吟道：“天遥地远，万水千山，知他故宫何处？”凄婉可怜，但还只是一己的“身世之戚”，不过他的身世遭际比普通人更为悲惨，感慨也更为沉痛而已。而李煜则不同。李煜透过切身遭际的世变，对于人生的悲剧有了更为深刻的体味；或者说，他将自己的不幸升华了，揭示出人类的普遍性悲剧，将被浮华遮掩的宇宙人生的悲剧本质敞亮出来。他对“人间”悲剧性本质的审视和叩问，已经超越了一己之悲，直透生命的本源。所以王国维说：“后主则俨有释迦、基督担荷人类罪恶之意。”宋徽宗的词会引起读者的同情；而李煜的词，读后则让人猛然警醒，将人从浑浑噩噩的世俗享乐和贪念中解救出来。李煜词直面人生的悲哀，对于生命悲剧本质的揭示，与宋徽宗仅道一己之悲戚，在境界层次上显然是有高低大小之异的。这是李煜词的魅力之所在。

王国维在《人间嗜好之研究》里说：

> 若夫真正之大诗人，则又以人类之感情为其一己之感情……彼之著作，实为人类全体之喉舌，而读者于此得闻其悲欢啼笑之声，遂觉自己之势力亦为之发扬而不能自已。

李煜后期词中所写，就是“人类之感情”；其著作，就是“人类全体之喉舌”。而宋徽宗尚不足以当此。近人张伯驹《丛碧词话》说：

> 后主与道君词，都是由亡国换来。李唐、赵宋江山，今日何在？唯其词真能使征马踟蹰，寒鸟不飞，千载而后，读者犹哽咽怜叹，虽亡国终是值得！

剑奁《李煜的词》也曾说：“无疑的，他的不幸而亡国，正是他的幸运，使他成为中国第一流的词人。”这个评论，实在不敢苟同。李煜和宋徽宗二人情况不同，不可一概而论。李煜生活在一切不可为的世代，南唐气运已尽，天下大势久分必合，南唐之亡，他须承担一定的责任。宋徽宗则不同，他玩物丧志，受到蔡京、童贯的愚弄，把好好的一个江山给玩完了。《宋史·徽宗本纪》批评他“特恃其私智小慧，用心一偏，疏斥正士，狎近奸谀”。又警戒说：“自古人君，玩物而丧志，纵欲而败度，鲜不亡者。徽宗甚焉！”中国古人强调立德、立功、立言，三者本有先后高下之分。如果帝王沉溺于一己之娱乐导致国势不竞，家国沦丧，那既是国家不幸，更使人民遭殃。

搁笔之际，感慨万千，聊赋四绝以殿其末：

一

初心不愿做君王，天教柔肩续晚唐。
千里江南鱼米地，换来词帝在文场。

二

百凶成就一词人，万劫经过始至真。
弘冀享年如得久，从嘉弱质是庸臣。

三

不妒不争善保身，此生缃帙愿为邻。
金陵城外铁骑疾，万轴牙签烧作薪。

四

药发牵机体不伸，端王百载又蒙尘。
莫非玩物真丧志，天道循环有果因。

摘要

天下大势，久分必合。五代十国的混乱必然要为赵宋的一统所代替，这是历史的必然。苍天似乎开了个玩笑，让李煜投错了胎，他本来就该是个绝代才子，不该去做运数已尽的南唐的君王。李煜虽失去了江山社稷，却赢得了“词中之帝”的桂冠。的确，李煜是绝代才子，是帝王中的才子，是才子中的帝王。

李煜的词，以南唐亡国为界，分为前后两期。前期词是他在宫廷中笙歌曼舞、花酒绮艳的贵族生活的反映，是富贵人的富贵语。经历了亡国之后，在仓皇辞庙时，他震惊于“四十年来家国，三千里地山河”一旦化为乌有，尊贵帝王顿然成了阶下囚虏的巨大人生落差，感觉人生恍如梦中，于是质疑眼前的一切，并从质疑上升到对人生本质的探寻。借词抒写亡国之恨，并由亡国之恨上升至对人生悲剧性的叩问。他守不住江山，也掌控不了人间世，更参不透人生悲剧的宿命。

人生没有定数，人世不堪回首，人间没有着落，一切繁华喜乐到头来都成了空，化为无，生命没有意义，只有无穷无尽、沉重的哀愁和烦恼裹挟着，一刻不曾离开。这种对人生无意义、对生命悲剧性本质的体悟，正是李煜词的思想魅力所在。王国维说："后主则俨有释迦、基督担荷人类罪恶之意。"李煜词直面人生的悲哀，揭示生命的悲剧本质，读后则让人猛然警醒，将人从浑浑噩噩的世俗享乐和贪念中解救出来。在审美境界上，李煜对传统诗词做了进一步的提升，从一般的感物兴情上升提纯，进入了哲学的、纯美的层面。

附录四

李煜大事年表

天祚三年，升元元年（937年）一岁

七月七日，李煜生，初名从嘉。前一年，大周后生。

正月，徐知诰（李煜祖父）五十岁，始建齐国。

三月，立长子景通（李璟，初名景通，时年二十二岁）为王太子，固辞不受。

十月，徐知诰受吴帝杨溥禅，国号大齐，都金陵。

升元二年（938年）二岁

李璟徙封齐王。潘佑生。

升元三年（939年）三岁

知诰改国号为唐，复姓李氏，更名昪。

升元四年（940年）四岁

八月，李璟被立为皇太子，又固辞。从善（李煜弟）生。

升元五年（941年）五岁

七月，吴越国大火。群臣请乘弊袭之，昪不从。

升元六年（942年）六岁

三省事并取齐王璟参决。

升元七年，保大元年（943年）七岁

二月，昪服方士金丹，疽发于背，卒。终年五十六岁。

三月，璟嗣位，改元保大。

七月，诏中外以兄弟传国之意。

保大二年（944年）八岁

十二月，璟乘闽国内乱，遣查文徽、边镐伐建州。此为南唐开衅邻国之始。

保大三年（945年）九岁

八月，克建州，执闽主王延政归金陵。

保大四年（946年）十岁

八月，陈觉攻福州。闽人乞师吴越。

是岁，契丹灭后晋。后晋密州刺史皇甫晖、青州刺史王建等来降。

保大五年（947年）十一岁

正月，璟立三弟景遂为皇太弟。

三月，吴越救福州，南唐军败。

五月，闻契丹北归，璟欲乘机北上中原，因后汉军抢先入汴，遂罢。

是岁，刘知远称帝，为后汉。

保大六年（948年）十二岁

正月，吴越钱俶被立为吴越王。

十一月，南平高保融立。

保大七年（949年）十三岁

小周后约生于此年。

保大八年（950年）十四岁

正月，璟下悔兵诏。

二月，查文徽袭福州，兵败被执。

保大九年（951年）十五岁

正月，后汉枢密使郭威在汴州受禅称帝，国号周，史称“后周”。

十月，南唐灭楚。

十二月，后周泰宁军节度使慕容彦超反，来南唐乞师以拒周。诏出兵数千以应之，为周师所败。璟悔之。此为与周结怨之始。

保大十年（952年）十六岁

四月，攻桂州南汉军，败绩。

十月，朗州裨将刘言反。

十一月，尽失前所得楚地。

保大十一年（953年）十七岁

三月，金陵大火逾月。

六月，南唐境内大旱、蝗灾，饥民流入周境。

保大十二年（954年）十八岁

正月，后周太祖郭威卒，养子柴荣继位，是为世宗。

此年，从嘉娶娥皇，是为大周后。

保大十三年（公元955年）十九岁

十一月，周下诏数南唐罪，遣将李谷等率师南侵。

十二月，从嘉以安定郡公为沿江巡抚使。

保大十四年（956年）二十岁

正月，柴荣亲征南唐。

二月，后周殿前都虞候赵匡胤破滁州。璟遣使求和，愿以兄事之，不许。未几，东都、泰州陷。

三月，复遣使，请削去帝号，奉表为外臣。周仍不许，接连攻陷南唐州郡。吴越亦攻常州，为南唐所败。

保大十五年（957年）二十一岁

二月，柴荣再亲征，大败南唐兵。

三月，寿州降。

四月，柴荣北还。

十一月，又南侵。

十二月，陷濠州、泗州、扬州、泰州。

中兴元年、交泰元年、后周显德五年（958年）二十二岁

正月，璟改元中兴。后周陷海州、静海军、楚州、雄州。

三月，又改元交泰，以皇太弟景遂为天策上将军封晋王，立燕王弘冀为皇太子。柴荣次扬州迎銮镇，耀兵江口。璟遣使求和，上表称唐国主，尽献江北郡县之未陷者。

五月，璟下令去帝号，称国主。去交泰年号，奉后周正朔，称显

德五年。凡天子仪制皆从贬损，并更名景以避周信祖庙讳。

后周显德六年（959年）二十三岁

六月，柴荣卒，其子恭帝宗训即位，年仅七岁。

七月，景有徙都洪州之议。本年夏，弘冀鸩杀晋王景遂。

七月，弘冀病，数见景遂为厉。

九月，弘冀卒。从嘉以母弟当立。钟谟言其器轻志放，无人君度，劝景立从善，不从。

是年，从嘉自郑王徙封吴王，以尚书令知政事居东宫。开崇文馆以招贤，潘佑预其选。

北宋建隆元年（960年）二十四岁

正月，后周殿前都检点赵匡胤发动“陈桥兵变”，取代后周，国号宋，改元建隆。

三月，景遣使朝贡于宋，贺即位。

七月，复遣使朝贡。自是贡献尤数，岁费以万计。

北宋建隆二年（961年）二十五岁

二月，景迁都洪州（今南昌），立从嘉为太子，留金陵监国。

三月至南都，以其迫隘，群下思归，景亦悔迁。议回金陵，未及行，寝疾。

六月，殂于南都。亲书遗令，留葬西山，累土数尺为坟。后主未从。

七月二十九日，从嘉继位于金陵。改名煜。遣使告哀于宋，请追复帝号，获许。尊母钟氏为圣尊后，立娥皇为国后。大赦境内。复遣使如宋表陈袭位。太祖赐诏答之，自是始降诏而不名。国主始易紫袍见宋使，退如初服。次子仲宣生于此年。

北宋建隆三年（962年）二十六岁

正月，葬中主于顺陵。

三月、六月、十一月，三次遣使贡宋。

七月二十八日，句容尉张佖上书，煜亲笔批云："朕必善初而思终，卿无今直而后佞。"召为监察御史。

北宋乾德元年（963年）二十七岁

三月，宋平荆南，遣使犒师。

十一月，宋改元乾德。遣使贡宋贺南郊礼、册尊号。

十二月，表宋乞罢诏书不名之礼，不从。自乾德后，宋使至则去鸱吻，使还复设。大周后复《霓裳羽衣曲》。后主以后好音律，因亦耽嗜，废政事。监察御史张宪切谏。赐帛三十匹旌其敢言，然不为辍。宋于京师凿大池教水战。

北宋乾德二年（964年）二十八岁

二月，以宋太祖生母昭宪皇后卒，遣使贡宋安葬银一万两，绫、绢各万匹。别贡银二万两，金器龙凤茶酒器数百事。

三月，以国用匮乏，行铁钱，致物价增涌。

五月，和宋文明殿成，进银万两。

十月二日，次子仲宣卒，四岁。

十一月二日，国后娥皇卒，二十九岁。煜哀苦骨立，杖而后起。亲撰《昭惠周后诔》，自称“鳏夫煜”。小周后本年约十五岁，于娥皇病重期间入宫见幸。

北宋乾德三年（965年）二十九岁

正月，宋灭后蜀。葬昭惠后于懿陵。

二月，贡宋长春节，御衣金银器锦绮以千计。

四月，贺宋灭蜀，贡银绢以万计。

九月，煜母圣尊后钟氏卒。

北宋乾德四年（966年）三十岁

八月，奉宋太祖诏，命潘佑作书约南汉主刘鋹俱事宋。

九月，刘鋹囚来使，驿书答李煜，词多不逊。煜以其书上太祖，宋始决议伐南汉。

北宋乾德五年（967年）三十一岁

三月，命两省侍郎、谏议大夫、给事中、中书舍人、集贤勤政殿学士，分夕于夜光殿宿直，诏对咨访，率至夜分。

北宋开宝元年（968年）三十二岁

五月，南唐大饥。太祖下诏赐米麦十万石赈灾。

十一月，命陈致雍、徐铉、潘佑、徐游定婚礼，娶小周后并立为国后，宠爱逾于大周后。于后宫建红罗亭、锦洞天，侈靡至极。

北宋开宝二年（969年）三十三岁

六月，遣弟从谦赴宋朝贡。

冬，校猎青龙山，还憩大理寺，亲录囚徒，原贷甚众。韩熙载以为非宜，请捐内帑钱三百万充军资库用。煜从之。

北宋开宝三年（970年）三十四岁

九月，宋伐南唐。

林仁肇密陈收复淮南之计，煜不敢从。未几，以林仁肇为南都留守、南昌尹。

北宋开宝四年（971年）三十五岁

二月，宋灭南汉，刘鋹降。

春，遣使如宋，贡占城、阇婆、大食国所送礼物。又遣弟从谦如宋，贡珍宝器用金帛，且买宴，其数皆倍于前。

十月，遣弟从善入宋朝贡。上表请去唐号，印文改为江南国，称江南国主，罢诏书不名。

有商人来告，宋造战舰数千艘在荆南，请密往焚之。煜不敢从。

北宋开宝五年（972年）三十六岁

正月，贬损仪制，改诏为教。殿阙去鸱吻，不复设。

二月，贡宋长春节钱三十万缗，又贡米麦二十万石。

闰二月，宋留从善为泰宁军节度使，赐第汴阳坊，示欲招煜入朝。煜遣使谢从善爵命。时太祖已于汴梁建礼贤馆，待李煜降。

北宋开宝六年（973年）三十七岁

四月，宋学士卢多逊来聘，求江南图经。煜令录一本送之，由是知宋主有兴师意。

五月，上表愿受爵命，不许。鸩杀南都留守林仁肇。

十月，内史舍人潘佑直谏，受众臣排挤，获罪自杀；户部侍郎李平亦受牵连，缢死狱中。煜旋悔之。

北宋开宝七年、甲戌岁（974年）三十八岁

秋，上表宋祖，求从善归国，不许。煜思从善，每登高北望，泣下沾襟。尝制《却登高》文。

宋遣合门使梁迥来，谓天子今冬行柴燎礼，国主宜往助祭。煜不答。

九月，宋复遣知制诰李穆为国信使，持诏来促李煜入朝，且谕以将出师之意。煜辞以疾，且声言以死相抗。时宋已遣曹翰率师先出江陵，曹彬等率舟师继发。及是，又命山南东道节度使潘美等率师水陆并进，与国信使李穆同日行。

十月，遣弟从镒贡宋帛二十万匹、白金二十万两。又遣潘慎修贡买宴帛万匹、钱五百万。同时筑城聚粮，大为守备。宋主以吴越王钱俶为升州东南面行营招抚制置使，令出兵攻常州、润州。

闰十月，曹彬等入池州。

十一月，宋师于采石矶造浮桥渡江，直趋金陵。李煜君臣初闻之，犹以为儿戏。于是，遣镇海节度使郑彦华督水军万人，天德都虞候杜真领步军万人，同御宋师，败绩。

十二月，金陵始戒严，下令去开宝之号，公私记籍但称甲戌岁。

益募民为兵，民以财及粟献者官爵之。吴越王俶率兵围常州。

北宋开宝八年（975年）三十九岁

正月，宋师破秦淮水寨，渡秦淮河至金陵城下。

二月，宋师拔金陵关城。时煜为皇甫继勋、张洎等所蔽，不知长围以合。宴然自安，令户部员外郎伍乔放进士张确等三十人及第。

四月，吴越兵围常州，刺史禹万成拒守，以其城降。

五月，煜巡城，方知宋兵以兵临城下，诛皇甫继勋。召神卫军都虞候朱令赟以上江兵入援。诸将请乘江涨速下，令赟惧宋师绝后路，累促不敢进。六月，宋、吴越围润州。

七月，宋太祖命李穆送从镒还国，手诏促煜降，且令诸将缓攻以待之。

八月，从镒至江南谕宋祖旨，煜欲降，陈乔、张洎以为城守甚固，北军旦夕当自退，乃止。宋祖复命诸将进兵。

九月，润州留后刘澄开门请降，润州平。煜遣徐铉、周惟简入贡，求缓兵。复遣陈大雅赴洪州督朱令赟东下。

十月，徐铉、周惟简至汴京，无果而返。煜复遣使贡银五万两、绢五万匹，乞缓师。朱令赟自湖口以众十五万援金陵，会江水涸，战舰不能骤进。至皖口，与宋军遇。令赟军溃，赴火死。金陵外援遂绝。

十一月，煜复遣徐铉及周惟简入奏。宋太祖怒，谓铉曰："卧榻之侧，岂容他人鼾睡乎！”煜欲降，为陈乔、张洎等所阻。

十一月二十七日夜半，城陷。煜欲自杀，不果。率司空知左右内史事殷崇义等肉袒降于军门。翌日，煜举族冒雨乘舟北上。

开宝九年、太平兴国元年（976年）四十岁

正月初四，煜至汴梁，与宰相汤悦（即殷崇义）等四十五人白衣纱帽于明德楼下待罪。太祖以其尝奉正朔，令勿宣露布，诏并释之。初八，受封右千牛卫上将军、违命侯。

十月，宋太祖卒，赵光义即位，是为太宗。

十一月，去违命侯，加特进，封陇西郡公。十二月，宋改元太平兴国。

太平兴国二年（977年）四十一岁

煜自言其贫，诏增给月俸，仍赐钱三百万。

太平兴国三年（978年）四十二岁

七月七日夜，赵光义赐牵机药，次日卒。赠太师，追封吴王。

十月，以王礼葬于洛阳北邙山。

小周后悲哀不自胜，亦卒于此年，与李煜同穴而葬。

李煜词

产品经理	许婷婷	书籍设计	王　雪
技术编辑	顾逸飞	责任印制	刘世乐
监　　制	应　凡	策 划 人	吴　畏

《诗经》

骆玉明 解注

全注释，全彩插图，无障碍朗读版。
以《毛诗正义》为底本，收录全篇305首。
复旦大学中文系教授骆玉明解注。每诗题解+简而全的注释，助你领略诗之原义。
收录日本江户时代细井徇全203幅《诗经名物图》，随文彩插，附名物简介，实现读诗“多识鸟兽草木之名”的孔子名言。

《花间集》

后蜀 赵崇祚 编

唐 温庭筠 韦庄 等 著

朱光潜、叶嘉莹、蒋勋推荐阅读，词中《诗经》。本版收录唐至近现代42位伟大画家共110幅花鸟、仕女珍贵藏品。读词赏画，一部花间集，一部中国花鸟绘画艺术史。

《古诗十九首》

朱自清 释

朱自清逐字品析，19首古诗书读百遍，300首唐诗其义自见。
承《诗经》三百至纯至真，取《乐府》三千精粹之作，启《唐诗三百》新盛诗朝。五言诗之冠冕，语短情长，一字千金。朱自清赏析，收录董其昌插画37幅及书法长卷。全彩印刷，唯美珍藏。

图书在版编目（CIP）数据

李煜词 /（南唐）李煜著. — 西安：三秦出版社，2020.5

ISBN 978-7-5518-2164-3

Ⅰ.①李… Ⅱ.①李… Ⅲ.①词（文学）—作品集—中国—南唐 Ⅳ.①I222.843.2

中国版本图书馆CIP数据核字（2020）第051805号

李煜词

[南唐]李煜 著

出版发行 陕西新华出版传媒集团 三秦出版社
社 址 西安市雁塔区曲江新区登高路 1388 号
电 话 （029）81205236
邮政编码 710061
印 刷 天津图文方嘉印刷有限公司
开 本 1092mm×840mm 1/32
印 张 6
字 数 107 千字
版 次 2020 年 5 月第 1 版
2020 年 5 月第 1 次印刷
印 数 1—6500
标准书号 ISBN 978-7-5518-2164-3
定 价 49.00 元

网 址 http://www.sqcbs.cn